24.-

Salim Alafenisch
Das versteinerte Zelt

Meiner Tochter
Milena Chaula gewidmet

Salim Alafenisch

Das versteinerte Zelt

Unionsverlag
Zürich

Rieterstrasse 18, CH-8059 Zürich, Telefon 01-281 14 00

Umschlaggestaltung: Heinz Unternährer, Zürich
Foto: Katharina Krauss-Vonow
Druck und Bindung: Franz Spiegel Buch, Ulm
ISBN 3-293-00193-9

Der alte Musa mit dem Gesicht eines würdigen Greises und den knochigen Händen war ein berühmter Rababa-Spieler. Das Rababa-Spielen war ihm in die Wiege gelegt. Bereits als Kind lernte er, über die Schulter seines Vaters gebeugt, mit seinen zarten Fingern über die Saite zu gleiten und den Bogen zu führen. Weit über die Stammesgrenzen hinaus erfreuten die Klänge seiner Musik viele Herzen. Er hatte die Gabe, sein Instrument zum Sprechen zu bringen.

Musa, der Stammesmusiker, nahm sich viel Muße, um sein Instrument zu bauen. Wochen dauerte es, bis das Kunstwerk vollendet war.

Nachdem er zu Ehren eines Gastes eine Ziege geschlachtet hatte, nutzte er das Fell für den Bau seiner Rababa. Mit Sorgfalt hatte er das Tier enthäutet, denn das Fell mußte unversehrt sein. Dann bestreute er die Haut mit Salz und breitete sie auf dem vorderen Zeltdach aus, um sie, vor den Hunden geschützt, in der warmen Sonne trocknen zu lassen.

Nach einer Woche setzte sich Musa vor das Zelt, um die Ziegenhaare von dem Fell zu rupfen.

Niemand leistete ihm Gesellschaft bei dieser Arbeit, denn das Fell verströmte Wolken von Gestank. Nur die Hunde ließen die Haut keinen Augenblick aus den Augen und warteten auf eine Gelegenheit, sie zu schnappen. Aus dem Augenwinkel betrachtete Musa den alten Köter, der im Zeltwinkel kauerte und so tat, als ob ihn das Fell nicht lockte.

»Ich bewundere deine Ausdauer!« murmelte er. »Du hast in deiner Jugendzeit kein Fell von mir geschnappt, wie willst du es auf deine alten Tage schaffen?«

Musa hielt die Haut gegen die Sonne und nickte zufrieden. Aus dem Salzbeutel nahm er eine Hand voll Salz und bestrich beide Seiten der Haut. »Jetzt sollst du auf dem Zeltdach in der Sonne ruhen!« sagte er.

Einige Tage später folgte die Feinarbeit. An beiden Enden spannte Musa die Haut zwischen die Zeltseile, und mit seinem stumpfen Messer begann er, die restlichen Ziegenhaare abzuschaben und die Haut zu gerben. Unter seinen geschickten Händen verwandelte sich die Haut in samtweiches Leder.

Musa baute ein hölzernes Gehäuse mit einem langen Hals, das er mit dem feinen Leder bespannte. Für die Saite und den Bogen des Instruments holte er sich Schweifhaare von den edelsten Stuten des Stammes.

Wohlwollend betrachtete er sein Werk. Er hob die Rababa hoch und drehte sie nach allen Seiten.

Ein Stammesbewohner, der herbeitrat, lobte ihn: »Allah möge deine Hände schützen! Das Instrument erfreut das Herz und ist ein Glück für das Auge!«

Der Stammesmusiker ließ sich im Schneidersitz nieder. Aus der Tasche seines Gürtels nahm er ein Stückchen Harz, mit dem er Saite und Bogen einrieb.

Als Musa seinem Instrument die ersten Töne entlockte, strömten die Zeltbewohner herbei und umringten ihn. Der Spieler schaute in die Runde, musterte die Gesichter und scherzte: »Bei der Arbeit war ich allein, nur die Hunde haben mir Gesellschaft geleistet. Und jetzt eilen die Helfer aus allen Zelten herbei.«

Ein langes und reiches Leben lag hinter dem alten Musa. Unzählige Eindrücke, Bilder und Geschichten füllten seinen Kopf und verwoben sich zu einem bunten Teppich. Schon die Umstände seiner Geburt waren außergewöhnlich. Seine Mutter unternahm einen kleinen Spaziergang am Rande des Stammeslagers, als sie plötzlich die Wehen überfielen. Und noch bevor die alte Hebamme gerufen werden konnte, lag der kleine Musa auf der Frühlingsweide.

Eine Kamelhirtin, die unweit der Geburtsstelle ihre Kamele hütete, eilte herbei und hüllte das Neugeborene in ein Kamelfell. Sie gratulierte Musas Mutter: »Die Geburt auf der Frühlingsweide ist ein gutes Omen! Dein Sohn liegt auf einem bunten Teppich von Frühlingsblumen, und die Kamele weiden um ihn herum. Dies ist ein Zeichen von Reichtum und Geborgenheit.«

Am selben Tag warf die Kamelstute ein Kamelfüllen. Und so wurde Musas Vater doppelt beglückwünscht. »Ein reicher Tag!« sprach der Stammeskadi, als er dem Vater die Hand reichte. »Die Frau hat einen Sohn geboren, und die Kamelstute warf ein Füllen!«

Der gemeinsame Tag der Geburt verband Musa und das junge Kamel. Fragte jemand Musas Mutter, wann ihr Sohn zur Welt gekommen war, so gab sie zur Antwort: »Am selben Tag wie unser Rennkamel!« Und wurde Musas Vater nach dem Alter des Rennkamels gefragt, so erwiderte er: »Es kam am gleichen Tag zur Welt wie mein Sohn Musa!«

Das Kind wurde zwölf Monate gestillt, und auch das Kamelfüllen sog ein Jahr lang Milch von den Eutern der Stute.

Als das Jahr verstrichen war, wandte sich Musas Mutter an die Frauen: »Mein Sohn ist gesund und kräftig wie ein Gazellenfohlen. Jetzt kommt die Zeit der Entwöhnung.«

»Bevor das Kind abgestillt wird und anfängt, Fladenbrot zu essen, muß es gegen Skorpione geschützt werden!« mahnte die Hebamme. »Ich übernehme die Sache!«

Musas Mutter war einverstanden.

»Sucht mir einen kleinen Skorpion!« bat die

Hebamme die Frauen. »Achtet darauf, ihn nicht beim Namen zu nennen, damit er sich nicht verkriecht. Ruft ihn ›O Gazelle! O Gazelle!‹, das wird keinen Skorpion verschrecken.«

Während die Hebamme sich um das Feuer kümmerte, machten sich die Frauen auf die Suche. Zwei Stockwürfe vom Zelt entfernt entdeckten sie einen Skorpion, der sich unter einem überhängenden Stein verborgen hatte.

»Still!« flüsterte eine der Frauen. »Ich sehe eine kleine Gazelle. Sie schläft!«

Fast lautlos näherte sich die Frau und griff in einem günstigen Augenblick das Tier mit einer kleinen Feuerzange. Sie ließ ihren Fang in ein Gefäß gleiten und trug ihn stolz zum Zelt zurück.

Die Hebamme musterte die Beute: »Eine schöne Gazelle!« Sie griff nach der Pfanne und hielt sie über die Glut. Mit der Zange holte sie das Tier aus dem Gefäß und ließ es in die Pfanne gleiten. Als der Skorpion geröstet war, wurde er im Mörser zerstoßen. Den Mörserinhalt siebte sie durch ein Tuch, und auf diese Weise gewann sie ein feines Pulver. Musas Mutter verrieb eine Prise dieses Pulvers auf ihren Brustwarzen und legte den kleinen Musa an.

»Jetzt können die Skorpione deinem Sohn nichts mehr anhaben!« bemerkte die Hebamme zufrieden, als sie den Mörser putzte.

Im zehnten Frühling nach der Entwöhnung ereignete sich im Zeltlager ein Zwischenfall. Es war eine der ersten milden Frühlingsnächte. Der Mond überstrahlte mit seinem silbernen Licht die schwarzen Zelte. In der Stille der Nacht hörte man nur das mahlende Geräusch der Kamele, die neben den Zelten weideten. Das Rennkamel hatte sich vor dem Zelt ausgestreckt und linste in Richtung der Öllampe.

Eine Schlange, die unter den Zeltseilen durchgekrochen war, blieb auf einer Steinplatte liegen, die noch von der Sonne des Tages erwärmt war. Das Rennkamel wollte seinen Hals an dieser Steinplatte reiben, da geschah es. Die Schlange zuckte zusammen, schnellte hoch und biß das Kamel in die Lippen. Ein gellender Schrei brach die Stille der Nacht. Die Zeltbewohner eilten herbei. »Eine Schlange! Eine Schlange!« rief Musas Vater, der sich mit einer Zeltstange bewaffnet hatte.

Das Kamel lag röchelnd auf dem Sand, Schaum trat vor sein Maul. Mit mehreren Schlägen tötete Musas Vater die Schlange.

Dann hob er das Tier an der Schwanzspitze hoch: »Die Schlange reicht mir bis zum Gürtel!« rief er, »das Kamel wird diesen Biß nicht überleben!«

Das verletzte Tier wälzte sich noch einige Male hin und her, dann blieb es reglos liegen.

Der kleine Musa war untröstlich über den Verlust.

»Warum hast du für das Kamel keinen Skorpion geröstet?« fragte er seine Mutter vorwurfsvoll.

»Beruhige dich, mein Augenschein! Die Kamelstute wird wieder ein Kamelfüllen werfen!«

Doch Musa war nicht zu besänftigen. Seit seinen Kindertagen war er mit diesem Kamel eng verbunden. Er hatte sich immer ausgiebig um das Tier gekümmert, hatte die besten Kräuter gesammelt und ihm die saftigsten Gräser in das Maul geschoben. Stolz erfüllte ihn, wenn man ihn mit seinem Kamel verglich. »Die Kamele sind genügsame Tiere, sie haben Geduld und Ausdauer«, pflegte er zu erwidern.

Sehr viel später, in der Zeit der Steine, brachte ihn dieser Stolz immer wieder in Schwierigkeiten. Wenn ein Staatsdiener den alten Musa fragte: »Wann bist du geboren?« gab er zur Antwort: »In der Zeit der Kamele!«

Mancher Staatsdiener ärgerte sich über solch eine Antwort und drohte ihm mit Strafen, andere lächelten über den Alten und hielten ihn einfach für verrückt.

Was konnte sich ein ausgebildeter Staatsdiener unter der Zeit der Kamele vorstellen?

Denn nun herrschte die Zeit der Steine: Der Stamm hatte die schwarzen Zelte aus Ziegenhaar gegen Steinhäuser eingetauscht. Der Anblick weidender Herden gerann mehr und mehr zur Erinnerung, und auch das Bellen der Wachhunde, das die Zeltbewohner bisweilen auch geärgert hatte, wurde auf einmal vermißt. Das Blöken der

Ziegen und Schafe und das Wiehern der Pferde hallte nicht mehr wieder. Der Duft des frischen Ziegenkäses war nicht mehr zu riechen. Wehmütig erinnerten sich die Bewohner an die Rauchwolken, die beim Backen von Fladenbrot emporstiegen. Die schwarzen Zelte, die sich sanft an die Hügel schmiegten, wurden immer seltener.

An ihrer Stelle erhoben sich nun steinerne Häuser und Blechbaracken. Musa, der Stammesmusiker, konnte sich mit den Neuerungen nicht anfreunden. Über viele Dinge schüttelte der Alte den Kopf; was jedoch am schwersten auf seinem Herz lastete, war das Ausbleiben der Träume.

Seit er in das Steinhaus eingezogen war, träumte er nicht mehr. Anfangs dachte Musa, die Träume bräuchten Zeit, sich vom Zelt an das Haus zu gewöhnen. Doch die Hoffnung des Alten erfüllte sich nicht. Die Träume blieben aus.

Eines Morgens, nach einer der vielen traumlosen Nächte, vertraute sich Musa seiner Frau Zaneh an.

»Zaneh, ein schwerer Stein liegt auf meinem Herzen. Seit der ersten Nacht in diesem Haus sind meine Träume verflogen.«

Die Frau wurde nachdenklich. Sie faßte sich an den Haarzopf und starrte an die Decke. Nach geraumer Zeit sagte sie: »Vielleicht fühlen sich die Träume in den engen Mauern des Hauses eingesperrt! Im Zelt aus Ziegenhaar waren die Träume frei. Sie konnten wandern und durch die Zeltlöcher rein- und rausschlüpfen.«

»Oder es hat mit dem Geruch der Farben an den Wänden zu tun«, mutmaßte Musa. »Der seltsame Geruch vertreibt die Träume!«

»Hörst du nicht, wie die Klänge deiner Rababa stumpf geworden sind? Früher trug der Wind die Töne bis zum benachbarten Zeltlager. Und jetzt prallen sie ab an den dicken Mauern des Hauses!«

»Du hast recht. Der beste Musiker kann diese Steine nicht durchdringen!«

»Im Zelt erfrischte uns die kühle Nachtbrise. Erinnerst du dich an den Duft der Frühlingsweide?«

»Und hier steht die Luft!« stöhnte Musa und erhob sich, um ein Fenster zu öffnen. Vergeblich! Mit beiden Händen zog der Alte am Fenstergriff. »Es klemmt! Diese verfluchten Handwerker!« schimpfte Musa. »Man bräuchte die Kraft eines Kamelhengstes!«

»Früher haben wir unsere Zelte selbst gebaut, und jetzt mauern uns die Handwerker zu!« klagte Zaneh.

Sie nippte an ihrem Teeschälchen und fuhr fort: »Ein Zelt ist offen für Mensch und Tier, für Mond- und Sonnenschein. Der Gast und sogar der Dieb haben Zugang zum Zelt. Weißt du noch, als der alte Esel unsere Abwesenheit nutzte, um sich an unseren Mehlvorrat zu machen? Als wir von Ibrahims Hochzeitsfest zurückkamen, ertappten wir ihn auf frischer Tat.«

Musa lachte. »Sein Kopf steckte bis zum Hals im Mehlsack. Als ich den Sack schnappen wollte, verfing sich der Kopf des Esels, und er rannte samt Sack Hals über Kopf davon. Die Mehlspur verlor sich dann im Zeltlager.«

»Der Mehlsack lockte viele Tiere. Auch die Mäuse taten sich an den Vorräten gütlich. Doch sie waren undankbar, denn sie durchlöcherten nicht nur die Säcke, sie ließen auch ihre Köttel zurück!« erinnerte sich Zaneh.

»Jetzt sind diese Zeiten endgültig vorbei! Nicht nur der Esel und die Mäuse, auch das Mondlicht und die Träume sind aus diesem Steinhaus ausgesperrt. Dafür sind wir selbst zwischen dicken Mauern eingesperrt!« klagte Musa.

»Musa! Träumen die Städter nicht?«

»Wie soll ich das wissen!« antwortete der Mann gereizt. »Ich weiß nicht einmal, wo meine Träume geblieben sind!«

Doch solche Stunden, in denen die beiden ihren Gedanken nachhingen, wurden immer rarer. Der Bau des Steinhauses war kostspielig, Musa und seine Frau waren hoch verschuldet, und die Gläubiger ließen ihnen wenig Zeit, über den Verbleib der Träume nachzugrübeln.

Anfangs dachten sie, ein Haus zu bauen wäre ähnlich wie ein Zelt aus Ziegenhaar zu errichten. Doch die Geschichte war anders. Mit der Zeit bemerkten sie, daß das Steinhaus ein großes Maul hatte. Es brauchte eine Tür, ein Schloß und obendrein einen Schlüssel, um dieses Maul zu schließen.

Zuerst schluckte das Maul die Silbermünzen, Stück für Stück verschwanden sie in seinem Schlund. Dann folgten die Goldmünzen, doch auch sie konnten das hungrige Maul nicht stopfen.

Schließlich fiel dem gierigen Rachen auch noch die Herde zum Opfer. Vierzig Ziegen schluckte das Steinhaus. Musa versuchte, die letzten zwölf Tiere zu retten, denn mit diesen verband sich eine persönliche Erinnerung: ihr Hochzeitsfest!

Die Mutter dieser zwölf Ziegen hatte Zaneh als Mitgift aus ihrem elterlichen Zelt mitgebracht. Immer wenn diese Ziege ein Zicklein warf, bekam dieses nach der Entwöhnung die Brandzeichen von Zanehs Sippe.

Böcklein wurden, wenn sie größer waren, verkauft, und mit dem Erlös kaufte sich die Frau Silber- und Goldmünzen, die sich mit den Jahren zu langen Ketten reihten. Sie schmückten nicht nur den schlanken Hals, sie verliehen Zaneh auch Respekt und Achtung bei den Frauen. Stolz trug sie ihren Schmuck, wenn sie auf Hochzeitsfesten tanzte.

»Bei solchen Festen hat man ein drittes Auge für Schmuck!« hatte ihr schon die Großmutter beigebracht.

War es schon schmerzhaft genug für Musa, den Schmuck seiner Frau zu versetzen, so traf ihn der Verlust der zwölf Ziegen noch härter. Diese Tiere verkaufen zu müssen, war eine Kränkung für Musas Ehre. Doch das breite Maul war unerbittlich, und so mußten Musa und Zaneh auch dieses Opfer bringen. Der Alte warf zornig sein Kopftuch zu Boden und fuchtelte mit den Armen: »Verflucht sei das Steinhaus, es schluckt auch noch unsere alten Erinnerungen!«

Das alte Paar begann mit den Vorbereitungen für den Markttag in der Siebenbrunnen-Stadt. Musa musterte die Ziegen von allen Seiten. »Wir müssen die Tiere gut füttern, dann bekommen wir mehr Geld!« sagte er.

Von einer Nachbarin lieh Zaneh Geld, um Futter kaufen zu können. Drei Säcke voller Gerste besorgte sie.

Als Musa am Abend die Ziegen beim Fressen beobachtete, bemerkte er: »Bis unsere Tiere so pralle Bäuche bekommen, daß sie die Händler locken, müssen wir viele Säcke herbeischaffen. Und Gerste ist auch nicht gerade billig…«

»Alles braucht seine Zeit!« besänftigte ihn die Frau.

»Viel Zeit bleibt uns nicht mehr.«

»Hast du denn eine bessere Lösung?« wollte Zaneh wissen.

»Wir sollten schon bei der Morgendämmerung auf dem Markt sein und unsere Ziegen feilbieten«, schlug Musa vor. »Denn wenn die Sonne auf die Tiere scheint, werden die Händler die Rippen der Tiere zählen. Dann brauchen wir die Reise gar nicht erst anzutreten!«

»Ich habe eine bessere Idee. Wir brechen schon

am Vortag auf. So sind die Ziegen am Markttag erholt.«

»Das ist eine kluge Lösung für uns und für die Ziegen«, stimmte Musa zu. »Wenn wir ausgeschlafen sind, vertragen wir auch besser das Geschwätz der Händler!«

Während Musa sich um das Wohl der Ziegen kümmerte, wusch Zaneh Musas Gewand. Als sie mit der Seife den weißen Stoff einrieb, sprach sie bei sich: »Saubere Gewänder machen Eindruck und schaffen Glaubwürdigkeit; deswegen tragen Händler immer saubere Kleider.«

Die Frau unterbrach kurz ihre Selbstgespräche, als sie einen Fleck entdeckte. Sie versuchte, mit den Fingernägeln den Schmutz zu entfernen.

»Woher hat Musa wohl den Fleck?«

Musa streckte seinen Kopf durch den Türrahmen. »Begegne deinem Feind hungrig, aber fein angezogen!« bemerkte er.

Schon Tage vor dem Markttag waren die Vorbereitungen abgeschlossen. Der Esel war bepackt, die Satteltaschen waren mit Proviant gefüllt, Zaneh hatte ihr bestes Kleid angelegt, und Musas weißes Gewand duftete nach Olivenseife.

Endlich bewegte sich die Karawane in Richtung der Siebenbrunnen-Stadt. Zaneh, die auf einem alten Esel ritt, führte die Ziegenherde an, und Musa bildete den Abschluß. Er zählte die Köpfe der Tiere zweimal, einmal von vorne nach hinten und einmal von hinten nach vorne. Beide Male zählte er zwölf Köpfe. Während Zaneh ihren Esel in Richtung der Siebenbrunnen-Stadt steuerte, betrachtete sie in Gedanken versunken die Umgebung. Sie kamen bei dem Brunnen vorbei, wo sie als Mädchen ihre Herde getränkt hatte. An diesem Brunnen hatten sich die Mädchen und jungen Männer getroffen. Alte Erinnerungen wurden lebendig.

»Da, neben der Palme, hat sich Fatima mit ihrem Freund heimlich verabredet«, sprach sie bei sich. »Und dort zwischen den Sanddünen hat mir Musa das erste Geschenk zugesteckt.« Sie lächelte.

»Alles hat sich geändert! Nicht nur Musa ist alt geworden, auch die Sanddünen sind geschrumpft. Als wir Mädchen bei diesen Hügeln Rennen veranstalteten, waren sie noch viel höher. Ich kam damals völlig erschöpft am Ziel an! Und wo sind die Pflanzen? Kräuter und Büsche sind spärlicher, die Hügel wirken nackt!«

Während die Erinnerungen in ihrem Kopf kreisten, wich ihr Esel vom Weg ab.

»Zaneh! Wohin reitest du?« hörte sie Musa rufen. »Jetzt steuerst du Mekka an, wir wollen doch keine Pilgerfahrt antreten!« Musas Stimme verscheuchte die Erinnerungen, und Zaneh lenkte mit dem Stock das Reittier wieder auf den richtigen Weg.

Als die beiden Alten ein Drittel des Wegs zurückgelegt hatten, legten sie eine Rast ein. Während der Wasserschlauch zwischen Musa und Zaneh hin- und herwanderte, suchten die Ziegen auf der kümmerlichen Weide nach Futter. Die beiden wechselten nur wenige Worte, jeder war in seinen Erinnerungen versunken. Ab und an trafen sich ihre Blicke.

Der Imam rief vom Minarett der großen Moschee der Siebenbrunnen-Stadt zum Abendgebet, als die kleine Ziegenkarawane auf dem Marktplatz eintraf. Musa deutete mit seiner Hand in eine Ecke: »Dort zwischen den drei Palmen werden wir für heute Nacht die Zelte aufschlagen.«

Die Frau stieg von ihrem Reittier ab und fing an, die Satteltaschen auszupacken, während der Mann sich um die Ziegen kümmerte. Die erschöpften Tiere kauerten sich um die Palmen. Eine der Ziegen lehnte ihren Rücken an den Stamm der Palme, eine andere rieb sich die Hörner an der Rinde.

Zaneh fachte Feuer an und kochte Tee. Währenddessen streckte Musa alle Viere von sich.

»Nach dem Tee werde ich eine kleine Runde schlafen«, kündigte er an. »Später muß ich Wache halten; zum Markt kommen nicht nur Händler, sondern auch Diebe!«

Während die beiden Tee tranken, trafen nach und nach viele Marktbesucher ein. Als die Abenddämmerung einbrach, wurde es immer lebendiger auf dem Platz. Esel schrien, Hühner gackerten, Schafböcke blökten, bellende Hunde rannten hin und her.

Der Alte blickte um sich. »Die glückliche Nacht zeichnet sich schon am Abend ab! Auf dem Marktplatz zu schlafen ist so mühsam, wie die Wellen des Meeres zu zählen«, stöhnte er.

In einer Ecke hockten einige Männer beisammen und erzählten sich Geschichten, um die lange Marktnacht zu verkürzen. Die Nachtbrise verbreitete den Duft ihres Tabaks über den ganzen Platz. Über ihrer Feuerstelle brodelte in der Schnabelkanne der Kaffee.

Gegen die Morgendämmerung, als man schon einen weißen von einem schwarzen Faden unterscheiden konnte, rieb sich Musa die Augen.

»In dieser Nacht blieben nicht nur die Träume aus, auch der Schlaf blieb meinen Augen fern«, klagte er.

Ein klappriger Lastwagen, der an ihrem Lagerplatz vorbeiratterte, verpuffte eine dicke Rauchwolke.

»Die Händler! Die Händler!« rief Musa und fuchtelte mit den Armen.

Zaneh wischte sich mit einem Zipfel ihres Schleiers über das Gesicht. »Sie sind nicht zu überhören!« schimpfte sie. »Was für ein Lärm und Gestank!«

Musa zählte die Ziegen. »Alle Köpfe sind noch da!«

Der Alte wusch sein Gesicht, gürtete sein Gewand und richtete die Kopfbedeckung. Nach und nach füllte sich der Markt. Musa schob sich gerade ein Stück Fladenbrot in den Mund, als die Marktaufsicht auftauchte.

»Wieviele Ziegen hast du?« wandte sich der Marktaufseher an Musa.

»Zwölf Ziegen!«

»Zwölf mal drei, das macht genau sechsunddreißig Lira!«

»Wofür?« wollte Zaneh wissen.

»Marktgebühren!« antwortete der Beamte.

»Wir haben auf dem Markt weder etwas gekauft noch verkauft!« schaltete sich Musa ein.

»Das zählt nicht! Gebühren sind Gebühren! Ich habe wenig Zeit!« herrschte der Aufseher die beiden an. Musa und Zaneh kramten in ihren Beuteln und händigten ihm das Geld aus.

Musa ließ seine Blicke über den Markt schweifen. »Jetzt müssen wir wachsam sein, gleich kommen die Händler zu uns.«

Kurz danach näherte sich eine runde Gestalt. »Guten Morgen! O Scheich der Araber!« begrüßte der Händler Musa scherzhaft.

»Dein Morgen sei gesegnet! Einen Morgen voller Milch wünsche ich dir!« erwiderte Musa die Begrüßung.

Nach langem Händeschütteln ließ der Händler seine Blicke wandern. Er musterte die Tiere, Ziege für Ziege. »Zwölf Ziegen hast du?« fragte er.

Musa nickte.

»Willst du die Tiere verkaufen?«

»Selbstverständlich!« erwiderte Musa. »Wir machen mit unseren Ziegen doch keinen Ausflug!«

Mit gemessenen Schritten ging der Händler auf die Ziegen zu. Die eine faßte er an die Rippen, die andere an die Euter. Eine dritte hob er hoch. Tier für Tier prüfte der Händler.

Während der Händler Melonenkerne in seinem Mund hin und her schob und dabei schmatzende Geräusche von sich gab, holte er aus der Tasche seines Gewandes die Gebetskette und ließ die Perlen durch seine Finger gleiten. »Bruder, deine Ziegen sind mager!« sagte er. »Sie eignen sich weder als Milchziegen noch als Schlachttiere!«

Als Zaneh das Wort ›Schlachttiere‹ vernahm, biß sie sich auf die Unterlippe.

»Die Ziegen sind klug und geben reichlich Milch!« entgegnete Musa dem Händler.

»Klugheit reicht nicht!« erwiderte der Händler und zeigte auf eine der Ziegen: »Siehst du nicht, wie dürr sie ist? Sie wiegt kaum mehr als ein Huhn!«

»Wie kannst du meine Ziegen mit Hühnern vergleichen!« empörte sich Zaneh. »Gesundheit ist ein Geschenk Allahs!«

»Beruhige dich, Zaneh!«

»Schwester! Ich wollte niemanden beleidigen. Nimm es dir nicht zu Herzen, viel Reden gehört zu unserem Handwerk.«

»Gib mir deine Hand!« sagte der Händler zu Musa. »Willst du ein Wort oder viele Worte?«

»Wenig Worte sind immer besser als viele!« mischte sich Zaneh ein.

Mit kräftigem Griff umklammerte der Händler die Hand des Alten. »Bei Allah und bei allen Propheten, dies ist das erste Preisangebot, das ich heute mache!«

Er hielt kurz inne, dann sprach er: »Du solltest das erste Angebot nicht abschlagen, es ist besser als tausend Angebote!« Der Händler warf erneut einen Blick auf die Tiere.

»Ich biete dir siebzig Lira pro Ziege. Auch für die magere da!«

»Siebzig! Siebzig!« wiederholte Musa für sich. »Das ist kein Preis für meine Ziegen.«

»Ich schwöre beim frühen Morgen, daß meine Gewinnspanne klein ist. Vielleicht werde ich überhaupt keinen Gewinn machen. Ich muß die Tiere erst eine Weile füttern, damit sie rund werden«, klagte der Händler.

»Das ist kein Preis für die Tiere!« beharrte Musa.

»Bruder! Schau dich um! Auf dem Marktplatz wimmelt es von Ziegen.« Der Händler verzog sein Gesicht zu einem Grinsen: »Die Wüstenbewohner brauchen Geld!«

»Verflucht seien die Steinhäuser«, murmelte Zaneh. »Sie sind unersättlich!«

»Das weiß ich!« sagte der Händler. »Aber ich bin ein Mensch mit Herz! Du bist älter als mein Vater«, sagte er zu Musa gewandt, »deswegen bin ich bereit, drei Lira pro Ziege draufzulegen!«

»Nein! Die Ziegen sind mehr wert!« Musa schlug das Angebot aus.

Der Händler zuckte mit den Schultern und ging weiter.

Musa umkreiste seine Ziegen ein paar Mal; dann faßte er seine Frau an der Hand. »Zaneh! Wir wollen die Ziegen verkaufen und uns nicht mit den Händlern verschwägern!«

»Hast du gehört?« erwiderte Zaneh. »Die Händler wissen Bescheid, daß wir Beduinen in Not sind. Alle sind Gauner und Halsabschneider!« Musa ließ sich auf einem Steinbrocken nieder und fing an, sich eine Zigarette zu drehen. »Du wirst sehen, bevor ich diese Zigarette zu Ende geraucht habe, wird der nächste Händler eintreffen.«

Mittlerweile hatte der Alte seine dritte Zigarette zu Ende geschmaucht, und kein Händler ließ sich blicken.

Die Frau wurde nachdenklich: »Unsere Vorfahren sagten: Das erste Preisangebot am frühen Morgen sollte man nicht abschlagen! Es wird selten überboten!«

Musa warf seine Zigarettenkippe zu Boden und schob mit seinen Sandalen Sand über die Glut. Noch hatte er seine Zuversicht nicht verloren.

Zaneh streckte den Hals und suchte mit ihren Blicken den Marktplatz ab. Eine mächtige Gestalt kam auf sie zu.

»Friede sei mit euch!« begrüßte der dicke Händler Musa.

»Friede sei mit dir!«

Schon beim Händeschütteln spürte Musa die Kraft des Mannes. Er hatte breite Schultern und einen dicken Bauch, und die Augen verbargen sich zwischen zwei kugelrunden Wangen.

Zaneh blickte den Dicken forschend an. »Wieviel Fladenbrot verzehrt dieser Mann wohl zum Frühstück?« dachte sie. »Seine Frau hat viel zu tun in der Backstube!«

Während sie den Dicken gedankenverloren anstarrte, griff dieser mit seinen fleischigen Händen nach der ersten Ziege. Er strich dem Tier über den Rücken, dann umfaßte er den Bauch. Die Ziege meckerte laut. Mit einer Hand hob er das Tier hoch.

»Meine Hände sind die besten Waagschalen der Welt!« sprach der Händler stolz. Er holte tief Luft. »Ich habe unzählige Tiere in meinen Händen gewogen!«

»Ich habe gehört, Händler können einen Mauseschwanz wiegen«, schmunzelte Musa.

»Ich bin Metzger. Dieser Beruf hat Tradition in unserer Familie. Schon mein Urgroßvater war Metzger!« Der Händler kniff die Augen zusammen: »Ich vermisse das Fleisch!«

»Es ist noch früh am Morgen, die Ziegen haben noch nicht gefrühstückt!« erwiderte Musa.

»Auch ein königliches Frühstück kann die eingefallenen Bäuche nicht prall machen!« hielt der Händler dagegen. »Sicherlich wäre ich nicht dünner, wenn ich nicht gefrühstückt hätte!«

»Ziegenfleisch ist lecker und überdies gesund. Eine Ziegenkeule zu speisen, ist eine Delikatesse!« Zaneh versuchte den Metzger zu locken.

»Man sieht, daß die Tiere kein Futtermittel zu fressen bekamen!« bemerkte der Metzger.

»Unsere Ziegen leben von Kräutern und Gräsern!« beteuerte Musa. »Sie waren noch nie krank, wir kennen sogar die Urmutter der Ziegen.«

»Was interessiert mich die Abstammung der Ziegen, meine Kunden wollen Fleisch!« Der Metzger betrachtete die hagere Gestalt des Alten. »Heutzutage verkaufen sich Tiere, die vom Doktor eine Spritze bekamen, besser als diese mageren Ziegen!« Er wiegte seinen Kopf hin und her und kalkulierte: »Sechzig Lira für jede Ziege kann ich euch anbieten. Sechzig mal zwölf macht siebenhundertzwanzig!«

Mit sicherer Bewegung griff er in seine Tasche und förderte ein Bündel Geldscheine zutage.

»Steck dein Geld zurück!« rief Musa aufgebracht. »Die Ziegen sind mehr wert!«

Der Metzger zuckte mit den Schultern: »Einen höheren Preis werdet ihr nicht erzielen!«

»Du hast wohl deinen Morgenkaffee noch nicht getrunken!« schimpfte Zaneh. »In diesen Zeiten sind sechzig Lira nicht viel.«

»Du hast recht, Schwester! Aber mehr sind deine

Ziegen nun mal nicht wert, ich habe die Tiere in meinen Händen gewogen!«

Und er fügte hinzu: »Eine Inflationswelle hat das Land heimgesucht. Alles verliert an Wert. Die Löcher in der Staatskasse sind kaum noch zu stopfen!«

»Was haben meine Ziegen mit der Staatskasse zu tun!« murmelte Zaneh.

»Was für eine Welle hast du gemeint?« hakte Musa nach.

»Inflationswelle!« wiederholte der Händler. »Das ist wie eine Seuche, die in der Herde wütet. Schwierig zu erklären, aber ich will euch ein einfaches Beispiel geben. Ich esse sieben Fladenbrote zum Frühstück. Für das Brot habe ich bislang eine Lira bezahlt, heutzutage kostet mich das zwei Lira. Das ist genau doppelt soviel!«

Musa schaute ihn verdutzt an: »Sieben Brote? Dann mußt du eben weniger essen!«

»Ich bin doch kein Wüstenfuchs, der mit hängendem Magen herumläuft!« erwiderte der Metzger und ging.

Während Musa und Zaneh auf den nächsten Händler warteten, vertrieben sie sich die Zeit mit Rechnen. »Wenn der Metzger jeden Tag zwei Lira für das Brot braucht, macht das im Monat sechzig Lira!« stellte Musa fest.

»Ja, das ist der Preis einer Ziege! Dann verfrühstückt er in einem Jahr unsere ganze Herde!« rechnete Zaneh. »Wie gut, Musa, daß du dünn bist, einen solchen Bauch könnten wir uns nicht leisten!«

Mittlerweile herrschte ein buntes Treiben auf dem Markt. Die lauten Stimmen der feilschenden Händler übertönten noch das Meckern und Blöken der Tiere. Der aufgewirbelte Staub und die Hitze machten den beiden Alten zu schaffen. Musa wischte sich den Schweiß von der Stirn. »Diese verdammten Händler stecken alle unter einer Dekke!« Zaneh nickte: »Sie drücken die Preise!«

»Was machen wir, wenn wir die Ziegen nicht loskriegen?«

Die Frau war ratlos. »Ich mag Märkte nicht!« sagte sie. »Das Geschwätz der Händler macht mir Kopfschmerzen!«

Musa gab ihr recht: »Händler sind Gauner! Sie haben keinen Glauben!«

Unterdessen kam ein Freund von Musa vorbei. »Habt ihr die Ziegen noch nicht verkauft?«

»Der Preis ist zu niedrig!« stöhnte Musa.

»Heute ist ein schlechter Markttag. Der Markt ist voll von Tieren. Und es gibt nur wenige Händler«, sagte sein Freund. »Ich rate euch, die Ziegen zu verkaufen, bevor der Preis weiter fällt. Ein edles Kamel wurde eben zu einem Spottpreis verschachert. Alle ziehen aus der Not der Beduinen Vorteile!«

»Es war ein Fehler, das Morgenangebot abzuschlagen!« bedauerte Musa. »Es kommt selten etwas besseres nach!«

»Klagelieder machen die Toten nicht lebendig!« kommentierte Zaneh.

Nach geraumer Zeit erspähte die Frau die Gestalt des Metzgers. »Musa, der Metzger kommt auf uns zu!« Der Alte schöpfte Hoffnung. »Von deinem Mund in Allahs Ohr!« sagte er und schob einer seiner mageren Ziegen eine Handvoll Stroh ins Maul.

Der Händler grinste schon von weitem. »Ich habe noch Platz für eure Ziegen auf meinem Lastwagen!« rief er. »Fünfundsechzig Lira für jede Ziege, das ist mein letztes Wort!«

Musa schlug in die Hand des Metzgers ein: »Öffne deinen Beutel. Allah möge dir einen guten Gewinn bescheren!«

Der Alte atmete erleichtert auf. Er half dem Metzger, die Tiere auf den Lastwagen zu laden.

Beim Gedanken, daß dies die erste und letzte Reise der Ziegen war, wurde Zaneh übel. Sie verbarg ihre Trauer hinter dem Schleier. »Verflucht sei das Steinhaus«, murmelte sie, »nun hat es auch noch meine Mitgift verschlungen.«

Musa bepackte den Esel und versuchte, den traurigen Blicken seiner Frau auszuweichen.

»Laß uns noch zum Hühnermarkt gehen«, unterbrach Zaneh sein geschäftiges Treiben. »Ich habe mich dort mit einer Bekannten verabredet.«

Der Hühnermarkt lag am Rande des großen Marktes. Die beiden kämpften sich durch das Getümmel, bis sie endlich Zanehs Bekannte erspähten. »Ich warte schon geraume Zeit auf euch!« begrüßte diese die Alten.

»Habt ihr die Ziegen verkauft?«

»Ja!« erwiderte Zaneh mit bedrückter Stimme.

»Wo sind deine Hühner?« wollte Musa wissen.

»Schon vor Sonnenaufgang habe ich die Hühner samt einem Korb voll Eier verkauft!«

»Wie sind die Preise heute?« erkundigte sich Zaneh.

»Heute ist der Tag der Hühner! Du brauchst nur einen Hühnerkopf zu zeigen, dann stürzen sich die Käufer darauf. Unsere Hühner sind von den Städtern begehrt, ebenso die Eier. Obwohl sie kleiner sind, erzielen sie einen höheren Preis.«

»Tag der Hühner?« brummte Musa.

»Das begreife ich nicht. Die Hühner der Beduinen stehen hoch im Kurs, und wir haben Schwierigkeiten, die edlen Ziegen loszuschlagen. Wie kommt das?« erkundigte sich Zaneh.

»Heutzutage verkaufen alle ihre Herden, Hühner dagegen werden nur wenige angeboten. Und die Städter schätzen das zarte Fleisch. Unsere Hühner laufen den ganzen Tag frei herum, und vor allem bekommen sie keine Spritzen!«

»Was sagst du da?« hakte Zaneh nach. »Spritze? Spritze? Sind die Hühner der Städter krank?«

»Zaneh, du stellst viele Fragen. Ich kann dir nur wiedergeben, was mir eine Kundin erzählt hat. Heutzutage kommt der Doktor zu den Tieren. Jedes Huhn bekommt eine Spritze, die bewirkt, daß es dick wird.« Die Hühnerverkäuferin machte eine ausladende Bewegung mit den Armen. »Die Hühner gehen auf wie Hefeteig. Und wenn die Städter viel Hühnerfleisch essen, werden sie so dick, daß ihre Gewänder platzen!«

Zaneh erinnerte sich an die Gestalt des Metzgers. Bestimmt aß er zu seinen Fladenbroten jeden Tag noch ein Huhn.

»Bekommen die Ziegen der Städter auch Besuch vom Doktor?« fragte Zaneh.

»Nicht nur die Ziegen, auch die Schafe und Kühe!« Die Hühnerverkäuferin senkte ihre Stimme und flüsterte Zaneh ins Ohr: »Der Doktor schwängert sogar die Tiere!«

»Das kann ich nicht glauben!« Zaneh schüttelte ihren Kopf.

»Ich schwöre beim Grab des heiligen Scheich Ibrahim, daß der Doktor mit seiner Spritze die Tiere schwängert!« Sie legte ihre Hand auf Zanehs Schulter. »Er hat schon längst den Bock ausgeschaltet!«

Zanehs Augen weiteten sich. »Was sind das für Zeiten!«

»Die Zeit der Böcke ist vorbei. Kannst du dich erinnern, wie der Bock während der Brunstzeit gefüttert wurde, denn er sollte kräftig und munter sein! Wenn am Abend die Herde in das Zeltlager zurückkehrte, bekam der Bock in einer Zeltecke seine Stärkung. Von solchen Zeiten können die Böcke heute nur träumen!«

Zaneh hatte den letzten Bock ihrer Herde vor Augen, wie er Ziege für Ziege besprang. Und wie sich dann die Bäuche der Ziegen aufblähten wie pralle Wassermelonen.

Doch nicht jeder Bock war gleich geschickt, und nicht jede Ziege ging auf die Wünsche des Bockes ein. Er brauchte viel Ausdauer; manchmal dauert es Tage, bis der Bock die Ziege gewonnen hatte, und in manchen Fällen hielt die Freundschaft mehrere Tage.

Zaneh lachte leise. Als sie ein junges Mädchen war und die große Herde ihres Vaters zur Weide führte, weigerte sich der Bock, mit auf die Weide zu gehen. Erschöpft kauerte er im Zeltwinkel. Vergeblich versuchte sie, ihn an den Hörnern herauszuziehen; er blieb wie ein schwerer Sack liegen.

Zaneh verabschiedete sich von der Hühnerverkäuferin mit den Worten: »Verkehrte Welt! Der Stammesahn möge uns schützen!«

»Musa!« rief sie. »Wir müssen noch unsere Einkäufe erledigen!«

»Womit?« entgegnete der Mann. »Das Geld ist für das aufgesperrte Maul!«

»Ich weiß! Ich weiß! Aber vergiß nicht, wir brauchen Süßigkeiten für die Kinder. Auf den Sanddünen lauern sie schon auf unsere Rückkehr.«

»Du hast recht!« erwiderte Musa. »Für drei Lira kaufen wir Süßigkeiten.«

Musa und Zaneh schlenderten noch eine Weile

über den großen Markt. Sie trafen Freunde und Bekannte aus anderen Stämmen. Die Beduinen, die noch in Zelten lebten, erkannte man an den vollen Satteltaschen, während sich die Bewohner der Steinhäuser mit bescheidenen Einkäufen begnügten.

Der alte Musa besattelte den Esel. Dann stieg er auf. »Gib deine Hand her!« rief er seiner Frau zu. Zaneh ließ sich hinter Musa auf dem Sattel nieder, und mit einem Fußtritt setzte sich der Esel in Bewegung. Mit beiden Armen klammerte sich die Frau an ihren Mann und ließ ihren Kopf auf seinen Schultern ruhen.

Mit seinen kräftigen Hufen wirbelte der Esel Staub auf. Während Musa das Reittier zügelte, war Zaneh nach kurzer Zeit eingeschlafen. Die Strapazen der langen Reise und vor allem das Feilschen mit den Händlern hatten auch Musa erschöpft.

Als der Esel sich dem Brunnen von Abu-Mansur näherte, war Musa eingenickt. In diesem Zustand zwischen Wachsein und Schlafen erschien ihm der Stammesahn. »Musa! Du hast dich von der Erde entfernt!« sprach er. »Jetzt schläfst du auf einem Bett mit vier Hochbeinen. Hast du vergessen, wie der Wüstensand deine Fußsohlen kitzelte?«

In diesem Augenblick riefen die Kinder hinter den Sanddünen: »O Reiter! Wo ist das Weggeschenk?«

Der Alte kam zu sich, doch die Worte des Stammesvaters klangen in seinen Ohren nach.

»Was ist das für ein Lärm?« schimpfte Zaneh und rieb sich die Augen.

»Die Kinder, diese Teufel!«

Zaneh griff in die Satteltaschen und warf eine Handvoll Rosinen in Richtung der Kinder.

»Der Stammesahn! Der Stammesahn!« murmelte Musa.

»Was ist los mit dem Stammesahn?« fragte Zaneh nach.

»Der Stammesahn ist mir erschienen. Doch diese Hundesöhne haben ihn vertrieben!« Der Alte fuchtelte mit seinem Reitstock.

»Ich habe gerade ein Nickerchen gemacht, da erschien mir der Stammesahn und sprach zu mir: ›Musa! Du hast dich von der Erde entfernt. Jetzt schläfst du auf einem Bett mit vier Hochbeinen. Hast du vergessen, wie der Wüstensand deine Fußsohlen kitzelte?‹« Musa ereiferte sich: »Und dann haben die schreienden Kinder ihn unterbrochen!«

»Ärgere dich nicht«, besänftigte ihn Zaneh. »Wie sollen die Kinder das wissen? Wir haben früher auch hinter den Sanddünen auf die Marktbesucher gelauert!«

Mittlerweile hatten die Kinder die Rosinen eingesammelt und bedankten sich bei den Spendern.

»O Reiter! Hinter dem Brunnen auf dem Weg haben wir zwei Gruben ausgehoben. Sei vorsichtig, daß dein Reittier nicht stolpert!«

Zaneh winkte den Kindern zu, und als der Esel die besagte Stelle erreicht hatte, machte der Reiter einen großen Bogen. Die Kinder hatten auf dem Weg zwei tiefe Löcher gegraben und diese mit Palmwedeln abgedeckt. Gab ein Reiter den Kindern kein Weggeschenk, ließen sie sein Reittier in die Gruben stolpern.

»Jetzt sind wir außer Gefahr. Laß uns eine Rast einlegen!« schlug Zaneh vor.

Musa stimmte zu.

Die beiden ließen sich im Schatten einer Palme nieder.

»Was hat das zu bedeuten: ›Musa! Du hast dich von der Erde entfernt‹«, fragte Zaneh.

»Vielleicht hat der Stammesvater Hunger in seinem Grab und wünscht sich ein Festmahl«, rätselte Musa.

»Ausgerechnet auf dem Eselsrücken ist dir der Stammesvater erschienen«, bemerkte Zaneh und legte ihre Hand auf die rechte Wange. »Es hätte doch auch der Rücken eines edlen Pferdes sein können!«

»War der Stammesahn zu Fuß oder auf einem Reittier?« wollte sie wissen.

»Er ritt auf einem weißen Kamel!«

»Wie sah der Stammesvater aus?« erkundigte sich Zaneh.

»Er war verärgert! Ansonsten war er aber wohlgenährt und gut gekleidet.«

»Für das Festmahl bräuchten wir ein ausgewachsenes Schaf«, gab Zaneh zu bedenken. »Und das in diesen Zeiten!«

»Der Stammesahn ist gütig. Er wird uns verzeihen, wenn wir kein Festessen ausrichten!« sprach Musa zu seiner Frau.

»Dann müssen wir über diese Geschichte Stillschweigen bewahren, sonst werden wir zum Gespött der Stämme. Musa vom Stamm der Tyaha ist zu geizig, für seinen Stammesvater ein Opfertier zu schlachten, wird es dann heißen!« warnte Zaneh.

»Ein kluger Rat!« nickte Musa und strich ihr über den Kopf.

Wenige Tage danach, als Musa die Schulden beglichen hatte, ging er einen alten Freund besuchen, der noch im Zelt lebte. Der Freund war erfreut über den seltenen Gast. Schon bei der Begrüßung bemerkte er: »Hast du mich vergessen? Seit deinem Einzug in das Steinhaus läßt du dich nicht mehr blicken!«

»Ich habe dich nicht vergessen!« beteuerte Musa. »Aber mein Kopf ist voll von Sorgen. Das Gedächtnis wird immer kürzer!«

»Dann habe ich dir Unrecht getan. Ich dachte, im Steinhaus versinkst du im weichen Bett!« scherzte der Gastgeber.

Musa kamen die Worte des Stammesahns in den Sinn: ›Du schläfst jetzt auf einem Bett mit vier Hochbeinen!‹

Der Gast wurde ins Zelt geführt, der Gastgeber

griff nach der Schnabelkanne und bewirtete seinen Besuch mit gewürztem Kaffe.

Nachdem Gast und Gastgeber Neuigkeiten ausgetauscht hatten, sprach der Gastgeber: »Es kommt mir ewig vor, daß wir das letzte Mal zusammen gespielt haben!«

»Dann laß uns Tab spielen!« stimmte Musa zu.

Der Freund verlegte die Runde in eine Zeltekke, wo reichlich Sand lag. Mit seiner flachen Hand ebnete er eine kleine Fläche. Dann spreizte er Zeige- und Mittelfinger seiner rechten Hand und markierte damit zweimal zwei Reihen im Sand, und mit seinem Daumen drückte er in jede Reihe sieben Löcher. Jedem Spieler wurde eine der äußeren Reihen zugeteilt.

Der Gastgeber gab dem Gast als Spielfiguren sieben Schneckenhäuser und häufte selbst sieben Steinchen neben sich. In den mittleren Reihen sollten die Spielfiguren bewegt werden. Als Würfel dienten vier halbierte Holzästchen, die beim Werfen entweder auf den Rücken oder auf den Bauch fielen. Jeder Spieler versuchte, die gegnerischen Figuren aus dem Spielfeld hinauszuwerfen.

Den ganzen Nachmittag vertrieben sich die beiden Freunde die Zeit mit Spielen. Mal gewannen die Steine, mal die Schneckenhäuser; doch als man am Ende die Striche im Sand zusammenzählte, waren die Steine die Sieger.

»Musa!« bemerkte der Freund, »früher konnte ich dich kaum schlagen!«

»Ich habe seit langem nicht mehr gespielt«, erwiderte Musa verlegen.

Als der Abend einbrach, rollte der Gastgeber die bunten Teppiche vor dem Zelt aus. Musa stützte seinen Ellbogen auf ein Kissen und streckte die Beine aus. Die beiden betrachteten den mit Sternen bestickten Himmel und genossen die frische Abendbrise.

Der Gastgeber wandte sich an Musa: »O alter Freund! Ich sehne mich nach den Klängen deiner Rababa!«

Der Musiker ließ sich nicht zweimal bitten. Er griff nach dem Instrument, das über der mittleren Zeltstange hing. Und in der lauen Abendbrise ertönten die Klänge seiner Rababa. Ab und an flocht der Musiker Verse ein.

Nachdem sich der Gastgeber an der Musik satt gehört hatte, lobte er Musa: »Die Töne deiner Musik machen uns glücklich! Sie rufen uns die alten Zeiten ins Gedächtnis. Allah möge deinen Händen Gesundheit schenken!«

Dann fuhr er fort: »Ich möchte dir eine Geschichte aus meiner Kindheit erzählen.«

»Diese Geschichte hat sich vor vielen Jahren zugetragen. Es war der neunte Frühling seit meiner Geburt. Die Zeltbewohner saßen in der milden Frühlingsnacht vor den Zelten, um das silberne Licht des Vollmondes zu genießen. Und wir Kinder tollten im feuchten Gras. Wir veranstalteten

Wettrennen und spielten Verstecken. Die Herden weideten genüßlich die Kräuter, die im ersten Frühlingsregen gesprossen waren.

Als eine Schar von Kindern gerade ein Wettrennen starten wollte, rief uns der Stammesdichter: ›Wer ist das schnellste Rennkamel unter euch?‹

Die Spieler sammelten sich auf dem Hügel, und jeder hielt den Zipfel seines Gewandes mit den Zähnen fest. Auf den Pfiff des Stammesdichters hin rannten die Kinder auf das große Scheichzelt zu. Die Stammesbewohner standen vor den Zelten und erwarteten den Sieger.

Talal war gewöhnlich der Schnellste. Er hatte so lange Beine, daß er manchmal sogar den jungen Esel einholte.

Talal schoß auch diesmal wie ein Pfeil, doch kurz vor dem Ziel rutschte er auf frischem Kamelmist aus. Er fiel zu Boden, überschlug sich ein paarmal, dann streckte er verdutzt alle Viere von sich. Die Männer eilten ihm zu Hilfe.

›Du hast Glück gehabt, das war eine weiche Landung!‹ scherzte der Scheich.

Talas Vater tröstete seinen Sohn und half ihm beim Aufstehen.

Inzwischen hatte die Kinderschar das Scheichzelt erreicht. Der Sieger war Audeh.

Die Läufer warfen sich auf die Teppiche vor dem Zelt und schnauften wie die Kamele beim Wasserschlürfen. Der Stammesdichter lobte die Teilnehmer: ›Ihr lauft so schnell wie die Löwen.

In meinem Alter kann ich das nicht mehr. Aber ich kenne ein Spiel, bei dem man nicht rennen muß!‹

›Was für ein Spiel?‹ rief eines der Kinder.

›Das Perlenspiel! Für das Spiel braucht ihr Perlen und einen Faden!‹

Die Kinder stoben in alle Richtungen auseinander zu den Frauen, die vor den Zelten saßen und Schafwolle sponnen oder Kleider bestickten. ›Wir wollen Perlen zum Spielen!‹ baten die Kinder. Die Mütter gaben ihre Halsketten nur gegen das Versprechen her, daß die Kinder beim Melken die Tiere festhalten würden.

Schnell hatten wir Kinder uns wieder vor dem Scheichzelt versammelt. Der Dichter zog eine Gebetskette aus seiner Gewandtasche: ›Jeder von euch soll seine Kette aufknoten und die Perlen in seinem Gewand auffangen. Aber achtet darauf, daß keine Perlen verloren gehen, sonst bekommen wir Ärger mit den Müttern!‹

Dann fuhr der Stammesdichter fort: ›Wenn ich ein Zeichen gebe, dann sollt ihr die Perlen wieder einfädeln. Wer im Mondschein als erster seine Kette eingefädelt hat, ist der Gewinner! Habt ihr das Spiel verstanden?‹

›Ja!‹ riefen die Kinder.

Jeder ließ die Perlen in sein Gewand rollen. Den Faden in der einen und die erste Perle in der anderen Hand, warteten die Spieler auf das Zeichen.

Der Alte hatte kaum gepfiffen, als Talal bereits den Faden durch die erste Perle schob.

Es dauerte nicht lange, und der Stammesdichter rief: ›Ich habe meine Kette wieder eingefädelt!‹

›Das darf nicht sein!‹ empörte sich Talal, der das Rennen verloren und gehofft hatte, dieses Spiel zu gewinnen.

Der Stammesdichter hob freudestrahlend seine Gebetskette hoch. Wir wiederholten das Spiel, und der Dichter gewann ein zweites Mal.

Wir Kinder waren enttäuscht, doch der Alte tröstete uns: ›Ich spiele den ganzen Tag mit meiner Gebetskette, sie hat neunundneunzig Perlen, soviel wie Allah Namen hat. Meine Finger kennen die Perlen. Ihr seid schneller beim Laufen, und ich bin schneller beim Einfädeln!‹ Dann lachte er: ›In Wirklichkeit habt ihr das Spiel gewonnen!‹

›Wie?‹ riefen die Kinder.

›Meine Gebetskette ist kürzer als eure langen Halsketten! Habt ihr das nicht gemerkt?‹

›Du veräppelst uns!‹ schimpfte die Bande.

›Ich wollte eure Augen prüfen. In der weiten Wüste braucht man Adleraugen. In der Nacht muß sich der Karawanenführer an den Sternen orientieren und am Tage braucht er scharfe Augen, um die Spuren der Kamele zu finden!‹

Doch wir Kinder waren immer noch verärgert. Der Dichter strich sich über den langen Bart und sagte: ›Ich wollte mit euch nur einen Scherz machen. Spielen soll Spaß machen! Geht jetzt schlafen, und morgen, wenn ihr eure Gesichter mit warmem Wasser und Olivenseife gewaschen habt, kommt wieder zu mir. Dann setzen wir uns vor das Zelt, und ich werde für euch Verse dichten.‹

Mit diesem Versprechen waren wir zufrieden, und jedes Kind suchte sein Schlaflager auf.«

Musa schaute den Erzähler an: »Ich glaube, wir sollten uns jetzt auch zur Ruhe begeben!«

Und so zogen sich die beiden in das Zelt zum Schlafen zurück. Musa legte sich auf den Teppich, schob ein Kopfkissen unter seinen Kopf und deckte sich mit seinem Umhang zu.

Lange wälzte er sich hin und her, bis er spät in der Nacht endlich Schlaf fand. Als der Mond über dem Zeltrücken stand, rollte der Schlafende vom Teppich. Mit ausgestreckten Armen und Beinen lag der Alte im kühlen Sand und atmete tief. Der angestrengte Körper entspannte sich. Nach einer Weile erschien ihm der Stammesahn. »Musa, mein Sohn! Jetzt bist du der Erde wieder nahe! Spürst du den Sand?«

Wenige Augenblicke nach dem Besuch des Stammesvaters begann Musa nach langer Zeit wieder zu träumen. Es war ein langer Traum voller Bilder und Erinnerungen. Er begann in seiner Kindheit in der Zeit der Kamele und endete in der Zeit der Steine.

Es war ein Herbsttag, der kleine Musa spielte mit anderen Kindern neben dem Scheichzelt im Sand, als eine Reiterschar im Zeltlager eintraf. Die Stammesbewohner empfingen die Gäste, und die Kinder halfen beim Anbinden der Reittiere an die Zeltpflöcke. Die Gäste waren wohlgekleidet, und ihre Reittiere waren edel. Man führte die Besucher in das große Gastzelt, legte die feinsten Teppiche aus und bat die Gäste, sich niederzulassen. Und obgleich die Schnabelkanne noch halbvoll war, wurde zu Ehren der Gäste frischer Kaffee zubereitet.

Noch während die Kaffeebohnen über dem Feuer geröstet wurden, entbrannte unter den Zeltbewohnern ein heftiger Streit, wer die Gäste bewirten durfte. Jeder wollte seine Großzügigkeit unter Beweis stellen. Nach langem Disput gelang es Musas Vater, die Rolle des Gastgebers zu übernehmen. Mit strahlender Miene überbrachte er die Nachricht seiner Frau: »Wir haben die Ehre, die Gäste zu bewirten!«

»Allah möge deine Herde vermehren!« wünschte die Frau.

Musas Vater suchte aus seiner Herde zwei junge Böcke zum Schlachten. Um diese Jahreszeit schonte das Messer die Ziegen, denn sie waren trächtig. Musa half dem Vater, die Böcklein zum Zelt zu treiben. Mit seinem scharfen Dolch schlachtete der Vater die Tiere, und Musa half ihm beim Enthäuten.

»Wenn du eines Tages im Mannesalter sein wirst, kannst du diese Arbeit alleine ausführen!

Männer, die keine Tiere enthäuten können, taugen nichts!« Der Vater drehte das Böcklein auf die Seite. »Die Männer, die diese Fertigkeit nicht beherrschen, überlassen diese Arbeit dem Gast!« .

Der Dampf stieg bis zum Zeltdach, als Musas Vater voll Stolz das zarte Fleisch im großen Topf kochte. Während er Kameläpfel in das Feuer nachschob und mit der Feuerzange verteilte, buk die Mutter Fladenbrot.

Sieben Platten, gefüllt mit Fladenbrot und Fleischbrocken, trugen die Männer aus Musas Zelt zu den Gästen. Als sie das Gastzelt erreicht hatten, überreichte Musas Vater der Herrin des Zeltes einen Topf mit Fleischstücken. Dann schritt er auf die Gäste zu.

Während die Männer die Platten in der Runde verteilten, fragte der älteste Gast: »O Gastgeber, hat die Herrin des Zeltes ihr Recht bekommen?«

»Sei unbesorgt, sie hat ihr Recht bekommen!« erwiderte Musas Vater.

»Möge Allah deine großzügige Hand beschützen!« sprach der Gast.

Der kleine Musa setzte sich neben seinen Vater: »Warum hat der Gast nach dem Recht der Frau gefragt?«

»Mein Sohn! Die Frau nimmt die Gäste in ihr Zelt auf. Deswegen steht ihr ein Teil des Festmahles zu.«

»Und wenn der Gastgeber das Recht der Frau vergißt? Was passiert dann?«

»Dann sucht der Gast das beste Fleischstück aus und überreicht es der Frau!«

»Und wenn beide nicht an die Frau denken?« wollte Musa wissen.

»Dann wird sie sich wehren! Die Herrin des Zeltes stellt dem Gast weder Wasser noch Seife zur Verfügung. Aber soweit kommt es selten!« lächelte Musas Vater. »Ein großzügiger Gastgeber und ein ehrenwerter Gast denken immer an das Frauenrecht!«

Nach dem großen Festmahl wurde eine Runde Kaffee gereicht. Der älteste Gast wandte sich an den Gastgeber: »Ich habe Euer Gespräch gehört. Einen klugen Sohn hast du!« Er winkte den kleinen Musa zu sich: »Setz dich zu mir!«

Zum Vater gewandt, sprach er: »In deinem Zeltlager wurde uns große Gastfreundschaft zuteil. Ich möchte euch eine Geschichte erzählen, die ich von meinem Großvater gehört habe.

Diese Geschichte erzählt von Kamelen und der Kunst des Spurensuchens. Ein kluger Kamelhirte erkennt die Spuren seines Kamels im Sand. Diese Kunst zu beherrschen, ist sehr wichtig, wenn man sein Kamel verliert, oder das Tier gestohlen wird.«

Der Gast räusperte sich.

»Vor langer Zeit lebte ein Beduine. Allah hatte ihm drei Söhne geschenkt, und seine Herden gediehen prächtig. Seine besondere Vorliebe galt jedoch der Jagd. Er war ein geschickter Jäger, selten verfehlte sein Pfeil das Ziel. Dieser Jäger war ein ungewöhnlich begabter Spurensucher. Hatte er die Abdrücke eines Kamelhufes im Sand nur einmal gesehen, so blieben sie in seinem Gedächtnis haften. Oft wurde er um Hilfe gebeten, wenn ein Tier vermißt wurde, und mit der Zeit reichte sein Ruf als Spurensucher über die Stammesgrenze hinaus.

Gerne wollte er seinen Söhnen diese Kunst weitergeben. Als sie alt genug waren, rief er sie zu sich.

›Ich möchte euch nicht nur Herden hinterlassen, ihr sollt auch die Kunst der Spurensuche lernen. Herden können geraubt werden, diese Fertigkeit kann euch niemand wegnehmen!‹

Die Söhne waren einverstanden. Von da ab begleiteten sie ihren Vater auf die Jagd, und dieser lehrte seine Söhne, wie sich die Spuren der verschiedenen Tiere voneinander unterscheiden.

Als die Söhne das Mannesalter erreicht hatten, waren sie geschickte Spurensucher. Stolz erfüllte den Vater, und wenn die Zeltbewohner ihn um Hilfe baten, schickte er von da an einen seiner Söhne. Und so konnte er sich ausgiebig der Jagd widmen.

Eines Tages sattelten die drei Brüder ihre Pferde und gingen auf Jagd. Sie sollten auf Wunsch der Hebamme einen Wolf jagen. Die Kinder des mittleren Bruders waren nämlich kurz nach der Geburt verstorben, und die Hebamme empfahl das Wolfsfell: ›Wenn deine Frau das nächste Kind gebärt, soll das Neugeborene durch ein Wolfsfell geschoben werden, damit es am Leben bleibt!‹

Die drei Jäger durchstreiften das Stammesgebiet, doch ihre Suche blieb erfolglos. Sie entfernten sich immer weiter von ihrem Zeltlager und gelangten schließlich auf das Gebiet fremder Stämme.

Da sprach der älteste Bruder: ›Heute haben wir kein Glück. Laßt uns im Schatten der Palmen eine Rast einlegen. Unsere Reittiere müssen sich von dem langen Ritt erholen.‹ Er zügelte seinen Hengst und stieg als erster ab. Als sein rechter Fuß den Sand berührte, bemerkte er eine Spur: ›Hier sind Fußabdrücke eines Kamels. Das Tier hat einen kurzen Hals.‹

Dann folgte der zweitälteste Bruder; er betrachtete ebenfalls die Spuren und stellte fest: ›Es muß sich um ein einäugiges Kamel handeln.‹

›Du hast recht!‹ pflichtete ihm der jüngste Bruder bei und fügte hinzu: ›Das Tier hat einen kurzen Schwanz.‹

›Ein schlechtes Omen!‹ sagte der Älteste. ›Wir haben keinen Wolf gejagt, statt dessen treffen wir auf Spuren eines merkwürdigen Kamels. Nach der Rast werden wir schnellstens zu unserem Stammeslager zurückreiten!‹

Die anderen Brüder stimmten seinem Vorschlag zu.

Kaum hatten sie die erste Pfeife geraucht, als ein Mann von häßlicher Erscheinung auf sie zukam.

Er war verwahrlost. Ohne ein Wort zur Begrüßung fragte er: ›Ist euch auf eurem Weg ein Kamel begegnet?‹

›Meinst du das Kamel mit dem kurzen Hals?‹ fragte der älteste Bruder zurück.

›Das einäugige Kamel?‹ fügte der andere Bruder hinzu.

Und schließlich sagte der Jüngste: ›Das Kamel mit dem kurzen Schwanz?‹

›Ja genau! Das ist mein Kamel!‹ rief der Fremde. ›Wo ist es?‹ wollte er wissen.

Der älteste Bruder entgegnete: ›Wir sind dem Kamel nicht begegnet, wir haben nur seine Spuren im Sand entdeckt, als wir von unseren Pferden abstiegen!‹

›Diebe seid ihr! Entweder ihr gebt mir mein Kamel wieder oder ich rufe meine Stammesbrüder zu Hilfe!‹

›O Sohn der Wüste!‹ sprach der älteste Bruder, ›wir haben dein Kamel nicht gesehen!‹

Die Augen des Fremden funkelten.

Der jüngste Bruder flüsterte den anderen zu: ›Soll ich diesem Narr einen Pfeil in die Brust schießen? Wie lange sollen wir seine Beschimpfung ertragen?‹

›Nein!‹ warnte der älteste Bruder. ›Dieser Mann ist im Unrecht! Wenn du ihn verletzt, setzen wir uns selber ins Unrecht!‹

Nach vielen beschwichtigenden Worten gelang es den drei Brüdern, den Fremden zu bewegen, den Kamelrichter aufzusuchen. Der Fremde führte sie zum Kamelrichter. Der Kadi empfing die Männer in seinem großen Zelt.

Nachdem sie Platz genommen und sich am kühlen Wasser gütlich getan hatten, sprach der Fremde zu dem Richter: ›Seit drei Tagen bin ich auf der Suche nach meinem Kamel. Dabei traf ich heute auf diese drei Männer. Sie haben mir ganz genau das Tier beschrieben, wollten mir aber nicht verraten, wo es ist.‹

Als der Mann seine Anklage vorgebracht hatte, wandte sich der älteste Bruder an den Kamelrichter: ›O Kadi der Kamele, Allah hat dich mit Verstand und Klugheit gesegnet, sonst hätte man dir nicht die Würde eines Kadi verliehen. Wir versichern dir, daß wir nur die Spur des Kamels gesehen haben, und diese Spur hat uns die besonderen Merkmale dieses Tieres verraten.

Als dieser Mann uns nach seinem Kamel fragte, waren wir hilfsbereit. Wir beschrieben das Kamel, dessen Spuren wir im Sand entdeckt hatten. Statt sich bei uns zu bedanken, beschimpft er uns als Diebe. Wären wir Diebe, hätten wir geschwiegen!‹

Der älteste Bruder fuhr fort: ›Das Kamel, dessen Spur wir entdeckt haben, hat einen kurzen Hals, denn beim Weiden muß es seine Vorderbeine spreizen, um das Futter zu erreichen.‹

›Das Kamel ist einäugig‹, fügte der zweite Bruder hinzu, ›denn es frißt die Kräuter nur an einer Seite ab.‹

›Das Kamel hat einen kurzen Schwanz, denn es kann die Kameläpfel beim Fallen nicht zerstreuen; deshalb liegen sie auf einem Häufchen‹, sagte der jüngste Bruder.

Der Kamelrichter wog die Argumente beider Parteien gegeneinander auf. Dann verkündete er das Urteil: ›Diese Männer sind keine Diebe. Sie sind mit Klugheit gesegnet!‹ Zu dem Fremden gewandt, sagte er: ›Geh zu der Stelle, wo du diese Männer getroffen hast und suche nach deinem Tier!‹

Verärgert verließ der Fremde das Zelt des Kadis.

Der Kamelrichter bewirtete die drei Jäger reichlich, und erst spät am Tage verabschiedeten sie sich von ihm und ritten in Richtung ihres Stammeslagers.

Auf der Rückreise begegnete ihnen der Fremde auf dem Rücken seines Kamels.

›Brüder, ich habe euch Unrecht getan! Verzeiht mir! Wer sein Kamel verliert, verliert seinen Verstand!‹

Dann erkundigte er sich bei den drei Reitern, was sie in diese Gegend geführt hatte. ›Die Suche nach einem Wolf wegen seines Felles!‹ entgegnete der zweitälteste Bruder.

›Das kann ich euch geben!‹

Sie ritten mit ihm zu seinem Zelt, und der Fremde überreichte ihnen das Fell als Geschenk.«

Träume mit Bildern aus seiner Kindheit kreisten in Musas Kopf.

Als er klein war, gingen die Frauen sparsam mit den Eiern um, denn sie brauchten die Eier für die Hennen zum Bebrüten. Lange mußten die Kinder bei den Müttern betteln, bis sie ein Ei bekamen. Die kleine Bande von Musa beschwerte sich über die Lage:

»Harte Zeiten!« jammerte Salman. »Meine Mutter braucht die Eier für drei brütende Hennen. Ich weiß nicht, wann ich ein Ei bekommen werde!«

»Mein Sohn, wir brauchen die Eier für unsere Henne! Bald bekommst du so viele Eier, wie du willst!« wiederholte Hassan, was er jeden Tag von seiner Mutter zu hören bekam.

»Und ich weiß überhaupt nicht mehr, wie Eier schmecken! Es kommt mir ewig vor, daß ich das letzte Ei verzehrt habe!« klagte Musa und übertrieb dabei, denn vor kurzem erst hatte ihm seine Mutter ein kleines Ei gegeben, das zum Bebrüten nicht mehr taugte.

Die Kinderbande heckte Pläne aus, wie man an Eier kommen könnte. Nach langem Hin und Her meldete sich Salman zu Wort: »Ich habe eine Idee ausgebrütet: Das kalte Wasser!«

»Was redest du da?« meckerte Musa.

»Hört erst einmal, was ich damit meine!« verteidigte sich Salman.

»Raus mit der Sprache!« forderte ihn Hassan auf.

»Vorgestern beim Mittagsschläfchen lag mein

Vater friedlich auf dem Teppich im Zelt und schnarchte. Meine Mutter wollte einen kleinen Scherz mit ihm machen. Sie füllte eine kleine Schale mit kühlem Wasser aus dem Krug, der in der Erde im Zeltwinkel vergraben ist. Dann ging sie auf ihn zu. Ich dachte zuerst, sie wollte ihm das Gesicht frisch machen, doch sie näherte sich seinen Beinen und kippte die Schale Wasser über seinen rechten Fuß. Mein Vater sprang hoch, als ob ihn eine Schlange gebissen hätte. Er war sehr verärgert und beruhigte sich erst, als meine Mutter ihm zuflüsterte: ›Heute Nacht werde ich für uns die weichste Matratze auslegen!‹ Erst dann war er versöhnt.«

»Was hat das mit den Eiern zu tun? Du Dummkopf!« unterbrach ihn Hassan.

»Das hat sehr wohl mit den Eiern zu tun! Laßt mich doch erst einmal zu Ende erzählen!« erwiderte Salman und fuhr fort: »Jeder von uns soll diesen Scherz heute beim Mittagsschlaf wiederholen!«

»Bestimmt verpaßt mir mein Vater eine Ohrfeige!« wendete Hassan ein.

»Genau!« erwiderte Salman. »Du schreist wie am Spieß, und sie werden versuchen, dich zu beruhigen. Die Eltern werden dir ein Gewand vom Basar versprechen, aber du schreist weiter. Erst wenn sie dir zum Trost ein Ei anbieten, senkst du deine Stimme. Und wenn dir deine Mutter das Ei in die Hand drückt, hörst du ganz auf zu schreien!« Musa und Hassan waren von dem Plan begeistert.

Es war ein Hochsommertag. Die Hitze war so glühend, daß sie den Verstand austrocknete. Bereits am frühen Vormittag hatte man alle Arbeiten erledigt und freute sich auf die Mittagsruhe.

Die drei Jungen beschlossen, ihren Plan auszuführen.

Hassan hatte Pech, denn seine Tante kam unerwartet zu Besuch und hielt Hassans Eltern mit ihren Geschichten wach.

»Ausgerechnet heute taucht sie auf!« schimpfte Hassan leise. »Wenn sie schläft, werde ich ihre Füße mit kaltem Wasser begießen, auch wenn es mir kein Ei einbringt!« schwor er. Doch die Tante blieb munter, und Hassans Hoffnung war vergeblich.

Während sich Hassan über den ungelegenen Besuch ärgerte, näherte sich Musa mit einer Schale voll kaltem Wasser seiner Mutter. Er horchte, ob die Mutter wirklich tief schlief. Er lauschte ihren tiefen Atemzügen. Dann leerte er die Schale über ihren Füßen aus.

Die Mutter erschrak, und ihr gellender Schrei weckte den Vater.

»Was ist los mit dir?« fragte der Mann.

»Dieser Satan! Er hat kaltes Wasser über meine Füße geschüttet!« Die Mutter hielt Musa am Haarzopf und gab ihm einen Klaps auf die Wange.

Musa schrie auf, als wäre er in glühende Kamelbällchen getreten. Der kleine Junge kauerte sich in den Zeltwinkel und heulte erbarmungswürdig.

»War die Ohrfeige stark?« wollte der Vater von der Mutter wissen.

»Ich weiß nicht! Aber er hat es verdient!« erwiderte die Mutter.

Nach einer Weile kam die Mutter näher: »Mein Söhnchen! Du hast mir einen solchen Schrecken eingejagt.« Musa heulte laut auf. Die Mutter legte ihm die Hand auf den Kopf. Er schüttelte seinen Kopf und schrie weiter.

»Ich nehme dich nächste Woche zum Markt mit!« versprach der Vater aus der anderen Zeltekke. Doch Musa ließ sich nicht beruhigen.

»Der Vater wird für dich Rosinen mitbringen!« wollte die Mutter ihn locken. Doch Musa wälzte sich in einer Ecke auf dem Sand hin und her.

»Willst du vielleicht ein Ei?« fragte die Mutter.

Musas Geschrei wurde merklich leiser. Die Mutter ging in den Hühnerstall und holte ein Ei für ihren Sohn. »Eigentlich sollte unsere Henne das Ei bekommen!« sagte sie und schob es ihm in die Hand. »Aber das macht jetzt nichts!«

Und so kehrte wieder Ruhe in das Zelt ein.

Während Musa das Ei in die heiße Asche schob, ging die Geschichte bei seinem Freund Salman anders aus. Salmans Mutter hatte an diesem Tag eine Menge Arbeit zu erledigen, und sein Vater kehrte erschöpft von einer Handelsreise zurück. Als Salman den schlafenden Vater mit dem kalten Wasser begoß, griff dieser wutentbrannt nach seinem Gürtel und versetzte seinem Sohn mehrere

Hiebe. Er hielt erst inne, als Salman ihm versprach, so etwas nie wieder zu tun!

Die Träume, die so lange ausgeblieben waren, sprudelten aus Musas Kopf wie Wasser aus der Quelle. Der Schlafende bewegte seine Beine, so daß sich die Zehen tiefer in den kühlen Sand gruben. Dann begann er erneut zu träumen. Er träumte vom verlorenen Schatz im Kamelfell.

In der Zeit der Kamele lebte ein reicher Beduine vom Stamme der Tyaha, dem auch Musas Sippe angehörte. Das Stammesgebiet der Tyaha war fruchtbar. Rote Erde bedeckte das Land, und so nannte man das Gebiet »die rote Erde«.

Der Beduine besaß viel Boden. Mit dem Kamelpflug bestellte er seine Felder, und aus Sorge um seine Ernte schlug er sein Zelt nahe bei den Feldern auf, weit weg vom Stammeslager. Neben seinem großen Zelt ließ er einen Speicher errichten, wo er seine Getreidevorräte lagerte.

Er war sparsam mit seinen Vorräten; doch in der Not half er seinen Stammesbrüdern. Aus vielen Orten suchten ihn Getreidehändler auf, um seine Ernte aufzukaufen. Verkaufte er eine Kamelladung Getreide, so nahm er weder Geldscheine noch Silbermünzen. Er tauschte nur gegen Gold. Goldmünze für Goldmünze steckte er in einen Beutel, den er heimlich neben der Feuerstelle seines Zeltes vergraben hatte.

Eines Tages, als der Beduine vom Dreschplatz

zurückkehrte, empfing ihn sein jüngster Sohn: »Vater! Vater! Ich habe mit der Feuerzange neben der Feuerstelle gespielt und dabei bin ich auf einen Beutel voller Münzen gestoßen«, erzählte der Junge mit stolzgeschwellter Brust und schaute den Vater erwartungsvoll an.

Der Vater erschrak, seine Augen weiteten sich. »Wo? Wo sind die Münzen?«

Der Junge führte ihn in den hinteren Zeltwinkel: »Schau!« Der Sohn hob den prallen Beutel hoch. Der Vater griff nach dem Beutel und hielt ihn mit beiden Händen fest.

»Hat jemand den Beutel gesehen?« fragte der Vater forschend.

»Nein!« erwiderte der Junge.

Der Vater lächelte. »Du bist ein braver Junge! Dieser Beutel gehört uns. Ich habe die Goldmünzen für dich und deine Brüder gesammelt. Doch erzähle niemandem von dem Geheimnis!«

»Versprochen!«

Die Jahre vergingen. Allah schenkte dem Stamm viel Regen, und mit der Zeit war der Beutel des Beduinen bis zum Hals mit Münzen voll. So beschloß er, seinen kleinen Schatz in ein Kamelfell umzufüllen. »Ein Kamelfell ist groß, es kann unzählige Münzen schlucken. Es ist wasserdicht, gute Schuhe sind immer aus Kamelleder gefertigt. Und wenn ich das Kamelfell vergrabe, lagern meine Goldmünzen sicherer als in der Schatztruhe des Sultans!« Gesagt! Getan!

In der folgenden Nacht machte er sich heimlich ans Werk. Eine Münze nach der anderen ließ er durch den langen Hals in das Kamelfell gleiten. Dann zog er den Hals zu und packte das Fell auf seinen Rücken. Die Münzen klimperten im Fell, als er aus dem Zelt schlich und seinen Schatz in die Schlucht schleppte. Er suchte nach einer geeigneten Stelle, hob eine Grube aus und ließ das Kamelfell hinab. Dann schüttete er Sand darauf und strich mit seinen beiden Händen die Stelle glatt.

»Die Erde erzählt nicht, was sie im Bauch hat«, sprach er zu sich selbst.

Und immer, wenn er Getreide gegen Gold getauscht hatte, suchte er das Kamelfell auf. Von seinem Zelt aus machte er dann einen großen Bogen, um sicher zu sein, daß niemand ihm folgte. War er dort, spitzte er die Ohren, und wenn kein Laut zu hören war, spannte er seinen Umhang wie ein kleines Zelt über den Kopf und schaufelte wie ein Maulwurf. Vorsichtig ließ er die Münzen in das Kamelfell gleiten, dann schüttete er die Grube wieder zu. Auf dem Rückweg zu seinem Zelt ließ er seinen Umhang im Sand schleifen, um seine Spuren zu verwischen.

So vergingen die Jahre. Der Beduine wurde älter, und der Schatz wurde größer. Mit der Zeit kroch der Alte auf allen Vieren zu dem Versteck und gewöhnlich traf er erst bei Anbruch der Morgenröte wieder in seinem Zelt ein.

Eines Morgens, als der alte Beduine von seinem nächtlichen Ausflug zurückgekehrt war, fühlte er sich schwach. Erschöpft legte er sich nieder und fiel in tiefen Schlaf.

Erst als die Sonne über der mittleren Zeltstange stand, erwachte der Alte. Seine Frau reichte ihm die Milchschale.

»Meine Glieder schmerzen, und mein Kopf brennt!« klagte er. »Wo sind meine Söhne?«

Die Mutter rief ihre Söhne, und alle versammelten sich um das Krankenlager.

»Ich bin jetzt alt, und meine Tage sind gezählt. Doch ich habe für meine Nachkommen vorgesorgt. Ein Kamelfell voller Goldmünzen habe ich für euch gesammelt. Bewahrt diesen Schatz gut auf für harte Zeiten.«

Der Alte atmete schwer. »Bevor ich zu meinen Vorfahren gehe, sollt ihr erfahren, wo der Schatz verborgen ist!«

»Allah möge deine Tage verlängern!« riefen die Söhne.

Am folgenden Tag war der Alte noch schwächer. Er sprach zu seinen Söhnen: »Ich möchte noch einmal meine Stammesbrüder sehen, bevor meine Seele sich vom Leib trennt und in den Brunnen der Seelen hinabsteigt.«

Der älteste Sohn besattelte seine Stute und machte sich eiligst auf den Weg zum Stammeslager. Als die Stammesbewohner den Wunsch des Kranken vernahmen, eilten sie scharenweise an das

Krankenlager des Alten. Der eine oder andere hoffte auf eine Satteltasche voll Getreide oder gar eine Goldmünze.

Ein junger Mann sagte zu seinem Freund: »Der Alte hat so viele Goldmünzen, wie Sterne am Himmel sind. Und mir lassen die Gläubiger keine Ruhe. Wenn ich doch nur eine Handvoll Münzen hätte!«

»Der Alte kann doch seine Münzen nicht mit ins Grab nehmen. Bestimmt wird er an seine Stammesbrüder denken!« machte ihm der Freund Hoffnungen.

»Wenn ich nur wüßte, wo der Alte seine Münzen versteckt hält!« seufzte der Schuldner.

»Mach dir keine Gedanken. Bevor der Geizkragen stirbt, muß er sein Geheimnis lüften!«

Als die Stammesbrüder eintrafen, lag der Alte, umringt von seinen Söhnen, keuchend auf dem Teppich. Er hob seine schweren Lider und blickte um sich. »Ich freue mich, euch alle noch einmal zu sehen, bevor ich diese Welt verlasse. Mit leeren Händen scheide ich. Alles bleibt zurück!« Der Kranke hustete.

»Allah möge dir ein langes Leben schenken!« wünschten die Anwesenden.

»Der Kranke braucht Ruhe!« sprach der Stammesälteste und schob ihm ein Kopfkissen unter den Nacken. Der Alte blieb regungslos liegen.

»Vater! Wo ist der Schatz? Vater!« flüsterte der älteste Sohn.

»Was seid ihr für Söhne!« herrschte ihn ein alter Beduine an. »Ihr denkt nur ans Gold! Euer Vater ist noch am Leben. Er wird bei der nächsten Ernte dabeisein!«

Der Sohn errötete und schwieg.

»Wo ist das Kamelfell!« fragte zaghaft der Scheich.

Der Alte gab keine Antwort. Stimmen erhoben sich im Zelt. »Wo ist das Gold?« riefen die einen. »Allah möge dir ein langes Leben schenken!« wünschten die anderen.

Der Sterbende hob noch einmal seine schweren Lider. »Gold! Gold! Das Gold ist östlich vom Wadi!« stammelte er.

»Wo genau ist das Versteck?« hakte der älteste Sohn nach. Er beugte sich zu dem Alten, doch dieser blieb stumm.

»Gold! Gold!« riefen alle durcheinander.

Der Sterbende öffnete ein letztes Mal seine Augen. »Gold!...« Dann verschied er.

Trauer und Enttäuschung breiteten sich aus. Der Stammesälteste erhob seine Stimme: »Wir haben einen Bruder verloren und dazu auch noch den Schatz!« Und er fuhr fort: »Laßt uns den Verstorbenen beerdigen. Die Hitze ist groß. Vor Sonnenuntergang muß der Tote begraben sein!«

Die Frauen beklagten den Toten. Stumm verließen die Männer das Zelt und begaben sich zur Grabstätte, um eine Grube auszuheben. Dann wuschen sie den Leichnam und hüllten ihn in ein weißes Tuch. Sie luden ihn auf ein Kamel und brachten ihn zur Grabstätte.

Zeltbewohner aus den Nachbarstämmen eilten herbei. »Allah möge ihm einen Platz im Paradies schenken!« trösteten sie die Trauernden. Nachdem das Grab mit Sand zugeschüttet war, wurde es laut. Jeder Stamm rang um die Ehre, die Sippe des Verstorbenen bewirten zu dürfen.

»Wir danken euch für Euer Mitgefühl! Doch das Mahl zu Ehren der Seele des Verstorbenen soll in seinem Zelt stattfinden!« beschied der Stammeskadi.

Die Anwesenden verließen die Grabstätte. Unterdessen wurde im Zelt des Verstorbenen ein Schafsbock geschlachtet, um das Totenmahl zu bereiten. Ein Greis tröstete die Sippe des Verstorbenen: »Wer Nachkommen hat, ist nicht tot. Tot ist, wer keine Nachkommen hinterläßt!«

Nach dem großen Totenmahl zogen sich die Gäste zurück.

Die Sippe des Verstorbenen versammelte sich um die Feuerstelle. Die Männer zogen stumm an ihren Pfeifen oder nippten an ihren Kaffeeschälchen. In Gedanken versunken, murmelte der Stammesälteste: »Was sagte der Verstorbene? Gold! Gold! Das Gold ist östlich vom Wadi!«

Ein junger Mann beugte sich zu ihm: »Du bist wohl schwerhörig! Es war westlich vom Wadi!«

»Ich bin nicht schwerhörig!« trumpfte der Alte auf. »Ich höre sogar Ameisenschritte!«

»Und ich höre Flöhe husten!« erwiderte der Junge.

Es wurde laut im Zelt. Einige der Anwesenden gaben dem Alten recht, andere dem Jungen. Es herrschte große Verwirrung. »Östlich!«

»Nein, westlich!« Die Männer gerieten sich immer mehr in die Haare.

Der Stammeskadi, der die ganze Zeit nachdenklich in die Runde geschaut hatte, erhob sich: »Ruhe! Euer Geschrei weckt den Toten!« Er wartete ab, bis Ruhe im Zelt herrschte. »Ich mache euch einen Vorschlag. Der Alte soll östlich vom Wadi graben, und der Junge westlich davon. Und ihr habt die Wahl, wem ihr folgen wollt! Morgen werden wir sehen, mein Sohn, wer von uns den Schatz findet!« sagte der Stammesälteste zu dem Jungen.

Und so einigten sich die Angehörigen der Sippe, am folgenden Tag die Suche nach dem Kamelfell aufzunehmen.

Spät in der Nacht, als alles still war, erkundigte sich der älteste Sohn bei seiner Mutter: »Hat dir mein Vater nichts von dem Versteck erzählt?«

»Mein Augapfel! Dein Vater vertraute nur der Erde. Wenn ich ihn nach seinen nächtlichen Ausflügen fragte, erwiderte er: ›Ich war bei meinem Kamelfell.‹ Weiter habe ich nicht nachgeforscht. Man hätte ihn in ein Kamelfell wickeln und ein paar Münzen mit ihm begraben sollen!« sagte die Mutter, und Tränen rollten über ihre Wangen.

Am nächsten Tag vor dem Morgenkaffee versammelten sich die Männer der Sippe vor dem Zelt. Sie teilten sich in zwei Gruppen: Die einen folgten dem Alten auf die östliche Seite des Wadi, die anderen begannen auf der westlichen Seite zu graben. Sand flog in die Luft, als wollte ein ganzes Rudel verfolgter Füchse einen Fuchsbau graben.

Gegen Mittag spannten sie ihre Scharpflüge an die Kamele und begannen, lange, tiefe Furchen zu ziehen. Sie gruben und gruben. Erschöpft und mit zerschundenen Händen kehrten sie am Abend in die Zelte zurück.

Am darauffolgenden Tag wurde die Suche nach dem Schatz fortgesetzt. Als die Sonne am dritten Tag hinter den Sanddünen versank, sagte der Stammeskadi mit nachdenklicher Stimme: »Wir schuften seit drei Tagen vergeblich. An beiden Seiten des Wadi haben wir das Gesicht der Erde umgedreht! Das Land aber ist unendlich weit!«

Die Suchenden ließen die Köpfe hängen. Zweifel breitete sich aus.

Der Stammesrichter tat seine Bedenken kund: »Ich bin nicht sicher, ob das Gold überhaupt noch in unserem Stammesgebiet ist. Die Goldmünzen im Kamelfell lagen so dicht aufeinander, daß sie vielleicht aus dem Kamelhals gesprungen sind und sich auf Wanderschaft begeben haben.«

Und er fuhr fort: »Vielleicht hat jemand das Gold in der Nacht blitzen sehen und an sich genommen. Mein Vater, seine Seele ruhe in Frieden, hat mir erzählt, daß sogar ein Einäugiger in der Nacht das blitzende Gold sehen kann!«

»Vater!« flüsterte ein kleiner Junge und wollte wissen: »Ist es wahr, daß Gold in der Nacht spazieren geht? Und was macht man, wenn man dem Gold unterwegs begegnet?«

»Ja, mein Sohn! Gold geht bisweilen nachts spazieren und kehrt erst vor der Morgendämmerung in sein Versteck zurück. Wenn man dem Gold begegnet, soll man sich ruhig verhalten und folgende Worte drei Mal wiederholen: ›O wanderndes Gold, sei willkommen! Willkommen, o du kluger Sohn!‹ Dann hält man sein Gewand auf und packt das Gold hinein. Währenddessen darf man weder pfeifen noch rufen und erst recht nicht furzen; sonst erschrickt das Gold und läuft weg!«

Der Junge blickte den Vater mit großen Augen an. »Jetzt verstehe ich, warum du so gerne in der Nacht spazieren gehst!«

Der Vater lächelte.

Die Suche nach dem Gold wurde abgebrochen, doch die Geschichte des verlorenen Schatzes im Kamelfell fand Eingang in die Überlieferung des Stammes. Von Generation zu Generation wurde sie weitererzählt.

Die Jahre vergingen.

Eines Nachts, als die Männer des Stammes um das Feuer des Zeltlagers geschart waren, erzählte der Stammesdichter die Geschichte von dem Schatz im Kamelfell. Einer der Zuhörer lauschte besonders aufmerksam, denn er war verschuldet bis über beide Ohren, und die Gläubiger bedrängten ihn.

Er erinnerte sich an die Ermahnungen seines Vaters: »Schulden zu machen, ist wie ein genüßlicher Beischlaf, sie zurückzuzahlen, ist wie eine schwere Geburt!«

Die Geschichte mit Schatz ging ihm nicht mehr aus dem Sinn. Im Geist sah er das Kamelfell voller Goldmünzen vor sich. Er schöpfte Hoffnung.

Eines Abends in der Männerrunde sagte er: »Vielleicht ist das Gold noch in seinem Versteck! Versuchen wir unser Glück! Ich habe eine Idee. Bei den Fellachen nahe der Stadt Hebron soll es einen berühmten Derwisch geben. Man erzählt, er habe vierzig verlorene Schätze gehoben. Man nennt ihn Abu Dhahab, Vater des Goldes. In diesen harten Zeiten könnten wir die Münzen gut gebrauchen!«

Einige Zuhörer lachten ihn aus. Doch nach einer Weile einigten sie sich darauf, den Derwisch aufzusuchen.

Am nächsten Morgen sattelte der verschuldete Mann sein Kamel und machte sich auf den Weg. Als die Mittagshitze am größten war, erreichte er das Dorf.

»Wo wohnt Abu Dhahab?« erkundigte er sich.

»Hast du einen Schatz verloren, o Wüstensohn?« fragte verschmitzt eine Fellachin, während sie ihn zum Haus des Derwischs geleitete.

»Einen großen Schatz! Ein Kamelfell voller Goldmünzen!« erwiderte der Beduine.

»Wenn du deinen Schatz gefunden hast, dann komme zu mir. Ich habe eine Tochter, so schön wie der Morgenstern!«

»Ist sie so hübsch wie ihre Mutter?« scherzte der Beduine.

Inzwischen erreichten sie das Haus des Derwischs. Dieser hatte gerade sein Mittagsgebet beendet. »Der Gast sei willkommen!« begrüßte er den Beduinen und führte ihn in den Diwan.

Dem Gast wurde Kaffee gereicht, und er wurde aufs reichlichste bewirtet. Nach dem Mahl wandte sich der Derwisch an den Beduinen: »Was kann ich für den Gast aus der Wüste tun?«

Der Beduine räusperte sich. »Ein Kamelfell voller Goldmünzen führt mich zu dir. Münze für Münze hat unser Vorfahre gesammelt, doch keiner von uns kennt das Versteck. Er nahm sein Geheimnis mit ins Grab!«

Der Derwisch strich seinen Bart. »Ein Kamelfell voller Gold kann meiner Nase nicht entgehen! Wieviele verlorene Schätze habe ich in meinem Leben gehoben! Ich höre schon die Münzen klimpern. Was bekomme ich, wenn ich mit diesen Händen das Fell aus seinem Versteck hole?«

»Ich werde deine Hände mit Münzen füllen!« versicherte ihm der Beduine strahlend.

Der Derwisch war zufrieden: »Ich werde das Kamelfell aufspüren!« nickte er.

Der Beduine verbrachte die Nacht bei dem Derwisch, und dieser unterhielt seinen Gast mit allerlei Geschichten. Der Beduine tat kein Auge zu. Ungeduldig erwartete er den Anbruch der Morgenröte.

Als die Hähne krähten, sattelte er sein Kamel und ließ den Derwisch aufsitzen. Als das Tier sich erhob, kippte der dicke Derwisch kopfüber nach vorn. Nur mit Mühe konnte ihn der Beduine halten.

»Klammere dich an den Reitsattel!« rief er. Vorsichtig ergriff der Beduine die Zügel, und das Kamel setzte sich in Bewegung.

Indessen erwartete man in dem Zeltlager voller Hoffnung die Ankunft von Abu Dhahab. Als das Kamel mit dem Gast eintraf, wurde der Derwisch voller Ehren empfangen.

»Deine Anwesenheit möge uns Glück bringen!« begrüßte der Scheich den Derwisch und reichte ihm die Hand.

Die besten Teppiche wurden ausgerollt. Mit Kardamom gewürzter Kaffee wurde gereicht. Man schlachtete zu Ehren des Gastes ein Schaf, und während das Fleisch im großen Topf brodelte, erzählte der Derwisch von seinen großen Erfolgen bei der Goldsuche: Eselladungen voller Gold habe er gefunden, trumpfte er auf.

Ein Brocken nach dem anderen verschwand im Schlund des dicken Derwischs.

Nach dem reichhaltigen Mahl wandte sich der

Scheich an den Gast: »Salz und Brot ist zwischen uns. Der Gast hat sein Recht bekommen. Und nun wollen wir uns auf die Schatzsuche begeben. Allah und der Stammesahn mögen uns beistehen!«

Die Zeltbewohner machten sich mit dem Derwisch auf den Weg. Es war ein glutheißer Tag. Die Mittagshitze war so groß, daß die Eier im Sand gar wurden.

Kaum hatten sie das Scheichzelt hinter sich gelassen, begann der Derwisch zu keuchen. Die Fleischbrocken lagen ihm wie Steine im Magen.

»Hol deinen Esel«, flüsterte der Kadi dem Verschuldeten ins Ohr. »Sonst bleibt der Derwisch auf der Strecke!« Dieser beeilte sich, seinen Esel zu holen. Vier Männer luden den dicken Derwisch auf das Tier.

Dieser wischte sich den Schweiß von der Stirn und stöhnte: »Ich bin doch kein Wüstenfuchs! Die Hitze trocknet meinen Verstand aus!«

»Bruder! Du sollst eine dritte Hand voller Goldmünzen bekommen!« ermunterte ihn der Kadi.

Nach geraumer Zeit erreichten sie den Wadi. »Da ist der Speicher des Verstorbenen!« sagte der Scheich und zeigte mit der Hand auf eine Ruine.

Der Derwisch ließ seine Blicke schweifen. Dann deutete er auf den Boden: »Hier an dieser Stelle facht ein Feuer an aus neunundneunzig Kameläpfeln. In die glühenden Kameläpfel werft sieben Weihrauchkörner. Ich werde mich indessen besinnen und die Ahnen befragen. Doch gebt acht, daß das Feuer nicht erlischt!« sagte der Derwisch und setzte sich in den Schatten der Ruine.

Die Beduinen schwärmten aus. Jeder kam mit einer Hand voll Kameläpfel zurück. Als der Scheich neunundneunzig Kamelbällchen gezählt hatte, griff er zu seinen Feuersteinen. Kurz darauf loderten die Flammen. Der junge Ahmed, der im Stamm für seine Geschicklichkeit bekannt war, kümmerte sich um die Weihrauchkörnchen.

Langsam verströmte der Weihrauch seine Duftwolken, als sich ein Windhauch erhob.

»Dieser verfluchte Wind vertreibt die Ahnen!« klagte der Scheich. Die Männer schürzten ihre Gewänder und begannen zu wedeln, um die Weihrauchsäulen zu der Nase des Derwischs zu lenken.

Während die Beduinen dem Derwisch Wohlbehagen zu verschaffen suchten, um die Verbindung zu den Ahnen zu erleichtern, fiel dieser angesichts der fetten Fleischbrocken und der Weihrauchwolken in tiefen Schlummer. Die Beduinen wedelten und wedelten als wollte eine Schar Schwäne zum Flug anheben.

»Männer! Bald kann ich nicht mehr wedeln. Meine Arme werden schwer wie Salzsäcke!« beklagte sich einer. »Mir kommt die Sache merkwürdig vor«, bemerkte ein anderer. »Der Derwisch liegt im Schatten der Ruine und schnarcht wie ein Kamel!«

Die Beduinen zogen lange Gesichter.

»Der Derwisch hat die besten Fleischstücke verspeist, und nun schläft er seelenruhig, von Weihrauchwolken umgeben, und schnarcht. Und wir? Wir wedeln und kämpfen mit dem Wind!« zürnte der Stammesälteste.

Sie schauten einander an, dann beschlossen sie, den Schlafenden zu wecken. Erst versuchten sie es mit leiser Stimme, doch der Derwisch rührte sich nicht.

Dann begannen sie lauthals zu rufen: »Gold! Gold! Wo ist das Kamelfell?«

Der Schläfer öffnete erst ein Auge, dann das andere. »Was ist das für ein Lärm?« schimpfte er.

»Wo ist der Schatz? Wo ist das Kamelfell?« riefen die Beduinen durcheinander.

»Schatz? Kamelfell?«

Die Männer waren ungehalten: »Du hast uns versprochen, den verlorenen Schatz zu finden!«

»Eben sind mir die Ahnen erschienen. Und ihr? Ihr habt nichts besseres zu tun, als Lärm zu schlagen? Mit eurem Geschrei habt ihr sie vertrieben!« Der Derwisch rieb sich die Augen. »Morgen um die gleiche Zeit kann ich es noch einmal versuchen!«

Der alte Scheich war zornig. »In meinem langen Leben bist du der erste, der mich an der Nase herumführt!« Er holte tief Luft. »Fettes Fleisch hast du gegessen und im Duft des Weihrauchs hast du dein Mittagsschläfchen abgehalten. Und morgen willst du eine Ziege und übermorgen vielleicht ein Kamel? Warum morgen und nicht heute? Haben die Ahnen heute Ruhetag?«

»Nicht unser Schreien, sondern dein lautes Schnarchen hat die Ahnen vertrieben!« ereiferte sich ein anderer.

Der Derwisch kam ins Schwitzen. Er wurde puterrot. Ein Stammesbewohner hob drohend den Stock, doch der Stammesdichter hielt ihn zurück: »Der Derwisch hat Salz und Brot mit uns geteilt. Das Gastrecht ist uns heilig! Wir beschmutzen unsere Ehre nicht eines miesen Gauners wegen!« Und zum Derwisch gewandt sagte er: »Ich fordere dich auf, mein Stammesgebiet noch vor Sonnenuntergang zu verlassen!«

Der Derwisch ließ sich das nicht zweimal sagen. Ohne ein Wort zu verlieren, machte er sich mit eiligen Schritten davon.

Verbittert kehrten die Beduinen ins Zeltlager zurück.

Am nächtlichen Feuer besprach sich die Runde. Ein alter Beduine hob seinen Zeigefinger: »Als ich diesen Fettsack mit seinen Segelohren auf dem edlen Kamel hängen sah, hatte ich gleich wenig Hoffnung!« Er senkte seine Stimme: »Doch ich rate euch, diese Geschichte mit dem falschen Derwisch nicht weiterzuerzählen! Sonst machen wir uns zum Gespött der andern!« Die Runde nickte. »So viel Weihrauch habe ich in meinen ganzen Leben nicht in die Nase bekommen!« fügte der Stammesälteste hinzu.

»Fast hätte mich auch der Schlaf überwältigt. Als Derwisch lebt man nicht schlecht. Zartes Fleisch zu essen und sich mit Weihrauch einnebeln zu lassen, das kann jeder!«

Ein Greis, der im Zeltwinkel lag, reckte seinen Hals: »Heute gibt es vieles, was unecht ist. Falsche Zähne, falsches Gold, und die Derwische sind auch falsch. Seit wann wagt es ein Ochsenbruder, uns, die Söhne der Wüste, an der Nase herumzuführen? Wir sollten diese Geschichte begraben, wie unser Vorfahre das Kamelfell vergraben hat!«

Der Greis holte tief Luft. »Vielleicht ist doch einer dem wandernden Gold begegnet und hat es in seinen Umhang gepackt!«

Und so beschloß der Stamm, über die Geschichte Stillschweigen zu bewahren.

Viele, viele Jahre gingen ins Land. Anstelle der gewobenen schwarzen Zelte erhoben sich nun feste Häuser aus Stein. Doch die neuen Behausungen waren kostspielig. Herden wurden verkauft, und viele Sippen gerieten in Not.

Eines Nachts saßen die Männer beieinander und erinnerten sich der alten Zeiten, der Zelte, der Kamele und der glühenden Kameläpfel.

»Wir haben Zelte und Herden verloren und hocken in diesen Hühnerställen. Es ist aus mit der Wanderschaft. Ein Steinhaus kann man nicht abschlagen und auf den Kamelrücken packen!« klagte ein alter Mann.

»Du hast recht, Bruder! In diesen Häusern sind

wir angepflockt wie Esel. Die Soldaten können uns heimsuchen, und die Steuereintreiber haben es leicht, uns zu finden!« ergänzte ein anderer.

Ein greiser Beduine, der den bedrückten Stimmen gelauscht hatte, ergriff das Wort: »Klagelieder machen die Toten nicht lebendig. Geschichten aber lindern den Kummer und erfreuen das Herz! Ich habe ein langes Leben hinter mir und stehe an der Schwelle des Grabes.« Der Alte hustete.

»Ich will euch eine Geschichte erzählen, die Geschichte vom verlorenen Schatz im Kamelfell, die ich als kleiner Junge erlauscht habe!«

Der Greis bettete seinen Ellbogen in das weiche Kissen und begann zu erzählen. Und die Anwesenden lauschten mit gespitzten Ohren.

Als der Erzähler geendet hatte, schauten die Männer nachdenklich in die Runde. »Ein Kamelfell voller Gold?« wiederholte einer.

Die Geschichte vom Kamelfell ließ die Anwesenden nicht mehr los. »Der Schatz liegt in unserer Erde. Unsere Vorfahren hatten kein Glück bei der Suche. Vielleicht steht das Glück auf unserer Seite?« meinte einer.

»Allah möge uns beistehen, das Kamelfell zu finden!« warf ein anderer ein.

»In diesen schweren Zeiten könnten wir die Goldmünzen gut gebrauchen!« bestätigte der Stammesälteste.

»Ich habe von einem christlichen Derwisch in Bethlehem gehört, der sich als Schatzsucher einen

Namen gemacht haben soll. Wir sollten ihn kommen lassen!« schlug einer vor.

»Nein! Keinen Derwisch! Wollen wir in die gleiche Grube fallen wie unsere Vorfahren?« warnte ein anderer in der Runde.

Doch ein dritter, der in Schulden schwamm, unterbrach seinen Vorredner: »Das war ein muslimischer Derwisch; dieser aber ist ein christlicher!«

»Ob Christ oder Muslim, alle Derwische sind gleich! Wenn der muslimische Derwisch den Schatz nicht gehoben hat, wie sollte der christliche Derwisch ihn finden?«

Der Kadi meldete sich zu Wort: »Wir sollten einen Versuch wagen! Lassen wir den christlichen Derwisch kommen!«

Nach langem Hin und Her einigten sich die Männer auf diesen Vorschlag.

Am nächsten Morgen ritten drei Stammesbewohner nach Bethlehem. Im Hause des Derwischs wurden sie von einem seiner Söhne empfangen und mit Kaffee und Süßigkeiten bewirtet.

Nach geraumer Zeit erkundigte sich einer der Beduinen: »Wo ist der Derwisch? Wir wollen ihn sprechen!«

»Mein Vater nimmt ein Bad!«

Die Beduinen murmelten. Der Sohn bot den Gästen weitere Süßigkeiten an. Eine angenehme Brise strich durch das Haus. Einen der Gäste überfiel der Schlaf, doch ein anderer rüttelte ihn wach.

»Wir sind nicht hergekommen, um zu schlafen!«

Verärgert wandte er sich an den Sohn: »Spricht dein Vater im Bad mit den Ahnen?«

»Er achtet auf die Körperpflege!« erwiderte der Sohn und verließ den Diwan.

Kurz darauf kehrte er zurück und verkündete: »Der Derwisch kommt!«

Die Beduinen richteten sich auf und zupften an ihren Gewändern. Der Derwisch betrat den Diwan. Er trug einen feinen Anzug, seine Haare waren gestriegelt, und eine Duftwolke umhüllte ihn. Die Beduinen fingen an zu niesen.

»Ahlan wa sahlan, die Gäste seien willkommen!« sprach der Derwisch und drückte den Männern die Hände.

Er nahm Platz auf seinem pompösen Sofa und zündete sich eine Zigarette an. »Was kann ich für euch tun?«

»Du bist berühmt bei der Goldsuche! Dein Name ist bis zu unserem Stamm gedrungen. Ein Kamelfell voller Goldmünzen liegt in unserem Stammesgebiet verborgen. Wir suchen deine Hilfe!«

Der Derwisch drehte den glänzenden Goldring an seinem Finger und dachte nach. Dann erwiderte er: »Gold! Gold! Heute ist jeder auf der Suche nach verlorenen Schätzen. Tagtäglich kommen Leute zu mir!« Er hielt inne. »Aber ein Kamelfell voller Münzen habe ich noch nie gehoben!« Er nahm einen Zug von seiner Zigarette. »Was ist mein Anteil?«

»Eine Handvoll Goldmünzen sollst du bekommen!« erwiderte einer der Stammesbewohner.

»Das ist wenig!« entgegnete der Derwisch kühl.

»Wieviel verlangst du?«

»Ich bekomme den Hals, und ihr bekommt den Bauch vom Kamelfell!«

»Den langen Hals willst du? Das ist ein stolzer Preis!«

Der Derwisch nickte. »Wo ist euer Auto?« fragte er.

»Wir sind zu Pferde gekommen!« erwiderten die Beduinen.

»Und wie komme ich zu euch?«

»Du kannst auf meiner Stute reiten!« bot ihm einer der Besucher an.

»Wofür haltet ihr mich? Ich bin doch kein Mogulreiter!«

»Auto! Auto! Wir haben kein Auto!«

»Ihr könnt ein Auto leihen!«

Die Beduinen berieten sich kurz. Dann einigten sie sich, auf die Bedingung einzugehen. Indessen verschwand der Derwisch und kehrte mit einer weiten Jacke zurück. Einer der Beduinen flüsterte dem anderen ins Ohr: »Siehst du die Taschen dieser Jacke? Sie sind so groß wie die Satteltaschen eines Esels. Der Kamelhals kann sie nicht füllen!«

Der Älteste der Beduinen und der Derwisch nahmen im Auto Platz, und der Chauffeur drückte auf das Gaspedal. »Willst du nicht deine Stute gegen mein Auto tauschen?« scherzte der Fahrer.

»Nein! Meine Stute ist edel!« erwiderte der Beduine.

»Aber mein Auto ist schneller!«

»Meine Stute wirft Füllen!« entgegnete der Beduine stolz.

»Behalte deine Stute!« lachte der Fahrer.

Der Derwisch sagte: »Von meinem Anteil werde ich mir ein Auto kaufen!«

»Erst wenn der Sohn geboren ist, geben wir ihm einen Namen!« beendete der Beduine das Gespräch.

Als das Auto die Steinhäuser erreicht hatte, wurde der Gast mit allen Ehren empfangen. Die Älteren musterten ihn mit scharfen Blicken.

Nachdem der Gast sich ausgeruht hatte, sprach er zu den Männern: »Führt mich zu dem Wadi, bevor es dunkel wird!«

Die Stammesältesten und der Scheich geleiteten den Derwisch zu dem Speicher. »Dort hinten liegt der Wadi, von dem unser Vorfahre sprach!« sagte der Scheich und deutete mit seiner Hand nach Westen. Der Derwisch ließ seine Blicke schweifen. Dann setzte er sich auf einen Steinbrocken, beschrieb ein Stück Papier und faltete es zu einem Dreieck. »Das ist ein Amulett«, sagte er. Er hielt das Amulett in seiner rechten Hand, schloß die Augen und murmelte. Schweigend beobachteten die Beduinen jede Bewegung.

Dann öffnete der Derwisch seine Augen. »Das Kamelfell liegt östlich des Wadis. Folgt mir!«

Er nahm einen Stock zur Hand und zeichnete ein großes Dreieck in den Sand. »An dieser Stelle müßt ihr knietief graben. Mit Allahs Wille werdet ihr den Schatz finden!«

»Wenn es dunkel wird, fangen wir an zu graben. Und gebt acht, daß uns keiner sieht. Wenn das Finanzamt von dem Kamelfell erfährt, haben wir nichts gehabt außer der Arbeit!« mahnte der Stammesälteste.

»Wie werden wir den Schatz aufteilen?« wollte einer der Männer wissen.

»Jeder bekommt die gleiche Anzahl von Münzen!« schlug der Scheich vor.

»Das ist ungerecht!« hielt ihm der Kadi vor. »Die direkten Nachfahren haben Anspruch auf zwei Drittel der Münzen. Der Rest wird gleichmäßig unter den übrigen Zeltbewohnern aufgeteilt.«

Nach langem Disput gaben sich die direkten Nachfahren mit der Hälfte des Schatzes zufrieden.

»Und nun laßt uns ausruhen, die Nacht wird lang!« mahnte einer der Männer.

So kehrten sie mit dem Derwisch in den Diwan zurück, und der Gastgeber bot den Anwesenden eine große Platte mit dampfendem Reis und Hühnerfleisch an.

»Was ihr zwischen die Zähne schiebt, kommt euch zugute! Wir haben eine große Fläche abzutragen!« ermunterte der Scheich die Gäste und wünschte allen einen guten Appetit.

Nachdem sich die Männer gestärkt hatten, nahmen sie ihre Hacken und Schaufeln zur Hand und folgten dem Derwisch.

Neugierig beäugten sie die Linien, die der Derwisch in den Sand gezeichnet hatte. An allen drei Ecken gleichzeitig begannen sie zu graben. Staubwolken stiegen in den Himmel. Es war finster, und der Boden war hart. Die Beduinen gruben und gruben. Währenddessen saß der Derwisch in gebührender Entfernung auf einem Sandhügel und unterhielt sich mit dem Scheich.

Die Ausgrabungen schritten voran, und als die Morgendämmerung einbrach, war die Fläche abgetragen. Erschöpft ließen sich die Männer am Rande der Grabungsstelle nieder.

»Wo ist der Schatz?« fragten sie den Derwisch.

»Noch ein Knie tiefer!« beschied dieser und schob sich in aller Seelenruhe eine Handvoll Rosinen in den Mund.

»Bald geht die Sonne auf. Laßt es für heute genug sein!« sagte der Scheich und mahnte zum Aufbruch. Sie kehrten zurück und sanken erschöpft auf ihre Matratzen.

Spät am Tag versammelten sie sich bei dem Scheich und berieten die Lage.

»Wir sollten aufhören mit dem Graben!« gab einer zu bedenken.

»So tief hat unser Vorfahre den Bauch der Erde nicht durchbohrt!«

»Aber der Derwisch sah heute im Traum, wie er einen Goldschatz hebt!« erzählte ein anderer. Die

Sucher schöpften wieder Hoffnung, und die Runde beschloß, noch ein Knie tiefer zu graben.

Nach Einbruch der Dunkelheit setzten die Beduinen die Arbeit fort. Aber das Graben wurde immer schwieriger. Die Hacken stießen auf Steinbrocken. Die Männer ächzten und stöhnten. Als der Morgen dämmerte, rief der Derwisch: »Aufhören! Aufhören! Das Gold muß auf Wanderschaft gegangen sein!«

Die Stammesbrüder ließen ihre Hacken fallen. Ihre schwieligen Hände schmerzten. Müde ließen sie sich in der Grube nieder.

Der Scheich war ungehalten. Er ging auf den Derwisch zu: »Der muslimische Derwisch hat unsere Vorfahren betrogen, und der christliche tanzt uns auf der Nase herum. Die Männer stehen bis zum Gürtel in der Grube, und du behauptest, das Gold sei auf Wanderschaft gegangen? Eher bist du mit deinen Träumen auf Wanderschaft!«

Der Derwisch erblickte die funkelnden Augen des Scheichs und begann zu zittern. »Das Gold hat sicher Angst vor dem Finanzamt! Lieber wandert es durch die Wüste als in der Staatskasse zu landen!«

»Du bist ein ausgekochter Gauner! Verlasse sofort unser Stammesgebiet, sonst werden unsere Nachfahren deine Knochen in der Grube finden!« zürnte der Scheich.

Und der Derwisch rannte wie ein Hase über die Sanddünen.

Langsam krochen die Beduinen aus der Grube. Sie schüttelten ihre Gewänder. Im Morgenlicht betrachteten sie ihr Werk.

»Männer! Wir haben ein großes Stück Erde ausgegraben! Unsere Nachfahren brauchen keine Gräber mehr auszuheben!« sagte einer.

»Wenn das Finanzamt nach der Grube fragt, antworten wir, wir hätten die Grabstätte verlegt!« sagte der Stammesälteste verschmitzt. Ein alter Beduine war außer sich vor Zorn: »Unsere Vorfahren haben bei dem muslimischen Derwisch Weihrauch gewedelt, und wir durchwühlen den Bauch der Erde. Verflucht seien die Derwische!«

So vergingen die Jahre. Und die Geschichte des verlorenen Schatzes blieb lebendig.

Eines Nachts, als die Geschichte wieder erzählt wurde, sagte ein junger Beduine, der die Schule besucht hatte: »Die Zeiten der Derwische sind vorbei. Heute ist das Zeitalter der Maschinen. Sie lügen nicht!«

»Maschinen? Die Bücher haben wohl deinen Verstand verwirrt!« sagte ein Alter.

»Nein, Großvater! Die Zukunft der Menschen wird von den Maschinen beherrscht. Ich habe über Maschinen gelesen, die Wasser anzeigen, Öl aufspüren oder auch Gold!« Zwischen dem Alten und dem Jungen entspann sich ein Streit. Der Stammeskadi schaltete sich ein: »Ruhe! Der Junge soll uns von den Maschinen erzählen!«

Der junge Mann überlegte. Dann sagte er:

»Habt ihr schon einmal ein Flugzeug gesehen?« Der Alte schüttelte seinen Kopf: »Wir wollen doch nicht in den Himmel fliegen. Im Bauch der Erde wollen wir den Schatz suchen!«

»Aber es gibt viele verschiedene Maschinen. Hast du schon einmal einen Mähdrescher gesehen?« fragte der Junge vorsichtig.

»Ich habe davon gehört!« erwiderte der Alte.

Und der Junge erklärte: »Ein Mann fährt mit dieser Maschine über die Felder. Sie schluckt die Ähren. Auf der einen Seite spuckt sie Körner aus und auf der anderen Seite Stroh!«

»Mähdrescher?« ereiferte sich der Alte. »Wir wollen keinen Mähdrescher! Er wird das Kamelfell schlucken. Und wer weiß, ob er die Goldmünzen wieder ausspucken wird! Das kommt nicht in Frage!«

Der junge Beduine geriet in Verlegenheit. Ein anderer flüsterte ihm ins Ohr: »Fällt dir kein anderes Beispiel ein als dieser gottverdammte Mähdrescher?«

»Für die Goldsuche gibt es eine andere Maschine. Sie zeigt uns die Stelle, wo das Gold verborgen ist!« sagte der Junge. Erst spät in der Nacht wurde man sich über die Maschine einig.

So fuhr der junge Beduine in die große Stadt. Gegen Abend kehrte er zurück. Alle warteten ungeduldig. Kaum hatte er sich gesetzt, bestürmten ihn die Alten: »Wo ist deine Maschine?«

Stolz zog der Junge ein Gerät aus seinem Koffer.

»Hier ist sie!«

Die Alten musterten sie vorsichtig. »Kann sie sprechen wie ein Radio?« fragte der eine.

»Nein, sie macht nur Geräusche«, erwiderte der Junge.

»Eine sprechende Maschine wäre mir lieber. Sie könnte uns sagen, wo das Kamelfell vergraben ist«, beschwerte sich der Stammesälteste.

Als es dunkel wurde, machten sich die Bewohner der Steinhäuser zum Wadi auf. Der junge Beduine, gefolgt von den Alten, ging mit der Maschine auf und ab, und die Alten spitzten die Ohren.

Nachdem der Junge beide Seiten des Wadis abgegangen war, und die Maschine kein einziges Geräusch von sich gegeben hatte, ließ ein alter Beduine einen Furz.

»Sei still!« flüsterte ihm ein anderer ins Ohr.

»Lange genug habe ich den Furz unterdrückt!« erwiderte der Alte gereizt.

»Hier ist kein Schatz!« sagte der Junge und legte die Maschine beiseite.

»Jeder von euch soll mir einen Schein geben. Ich habe die Maschine geliehen!« forderte er die Umstehenden auf.

»Sie hat den Schatz nicht gefunden! Weshalb sollen wir dafür auch noch bezahlen?«

»Geld zu bezahlen, ist leichter als Weihrauch zu wedeln oder Erde auszugraben! Ihr seid noch gut davongekommen!« gab ihm der junge Beduine zurück. Verärgert zog einer der Alten seinen Beutel: »Was für Zeiten! Die Derwische lügen, und die Maschinen lügen! Und bald werden auch die Kamele lügen!«

Ein anderer legte ihm tröstend die Hand auf die Schulter: »O mein Bruder! Vielleicht ist das Gold tatsächlich auf Wanderschaft!«

Auf diesen langen Traum vom verlorenen Schatz im Kamelfell folgten Bilder, die den Schlafenden in Angst und Schrecken versetzten. Mächtige Gestalten stürzten auf den Alten zu. Manche fletschten die Zähne und öffneten ihre Hände, die groß wie Schaufeln waren.

»Wo ist dein Beutel?« brüllten sie.

Die Gestalten verschwanden, dann kehrten sie wieder und umringten den Träumenden.

Vergeblich rief der Alte: »Mein Beutel ist leer!«

Kaum waren die drohenden Gestalten verschwunden, als Musa eine Lawine von Beton und Steinen auf sich zurollen sah. Er zuckte zusammen, seine Hände krallten sich bis zum Handgelenk in den Sand. Unbarmherzig überrollte die Lawine das Stammeslager und verschüttete Zelt für Zelt.

Hilflos mußte Musa zusehen, wie sein Zelt unter der Last zusammenbrach. Ein Steinhaufen türmte sich an der Stelle auf, wo sein Zelt gestanden hatte. In diesem Augenblick streckte der Esel seinen Kopf durch die Zeltöffnung und schrie.

Der Träumer kam zu sich. Seine Kehle war

trocken. Er griff nach dem Krug und goß das Wasser in breitem Strahl in seinen Schlund. Er erblickte den Esel. »Du hast auch Durst!«

Musa erhob sich und gab dem Esel zu trinken. Gierig schlürfte der Esel das Wasser.

»Du hast diese schrecklichen Bilder vertrieben, du hast das Wasser verdient!« flüsterte Musa dem Esel zu.

Der Alte legte sich wieder auf den kühlen Sand nieder und streckte seine Beine aus. Wenig später versank er in tiefen Schlummer.

Bilder aus der Zeit der Zelte tauchten in seiner Erinnerung auf.

Musa war in seinem vierzehnten Frühling, als er in der Abenddämmerung seine Ziegenherde in das große Zeltlager zurücktrieb. Zwei lange Haarzöpfe schmückten seine Brust. Stolz trug er seinen Dolch im Gürtel, den ihm sein Vater anläßlich des Beschneidungsfestes geschenkt hatte.

Während er verträumt die untergehende Sonne betrachtete, hörte er plötzlich Rufe hinter sich.

»Du, Hirte! Hirte! Hast du meine Ziege gesehen?« vernahm er eine Stimme.

Er wandte sich um und sah ein Mädchen auf sich zu kommen.

»Deine Ziegen haben heute in meiner Nähe geweidet!« sagte das Mädchen.

»Ich weiß nicht!« entgegnete er. »Aber wir können in meiner Herde nachschauen! Vielleicht hat sich dein Tier verlaufen!« Beide machten sich auf die Suche nach der vermißten Ziege. Als sie Musas Herde zur Hälfte durchmustert hatten, stieß das Mädchen auf ihre Ziege.

»Hier ist sie!« rief die Hirtin. »Siehst du die Brandmarkierung meiner Sippe?«

»Ja, das Tier gehört nicht zu meiner Herde!« bestätigte der junge Musa.

»Aber warum ereiferst du dich?« fuhr er fort. »Meine Herde hat dein verlaufenes Tier aufgenommen. Vielleicht wäre es sonst Beute der Wölfe geworden!«

Das Mädchen senkte seine Stimme: »Hättest du nicht in meiner Nähe deine Herde geweidet, wäre meine Ziege nicht weggelaufen!«

»Du bist undankbar!« gab Musa zurück. »Bin ich auch Schuld, daß der Regen im letzten Jahr ausblieb?«

»Meine Ziegen kehren heute mit halbvollen Bäuchen in das Zeltlager zurück!« beschwerte sich das Mädchen. »Deine Ziegen haben die saftigsten Kräuter weggefressen!«

Musa lenkte ein: »Ich will keinen Streit mit dir haben. Nimm deine Ziege und lauf schnell zu deinem Stammeslager, bevor es dunkel wird!«

Musa wandte sich um und trieb seine Herde mit dem Stock vor sich her. »Ein merkwürdiges Mädchen!« sagte er bei sich. »So eine freche Zunge habe ich selten gehört!«

Als der junge Hirte sein Zelt erreicht hatte,

erwartete ihn die Mutter bereits mit der Milchkanne in der Hand.

»Warum kommst du so spät heim heute?« fragte sie.

»Eine fremde Ziege hat sich unter meine Herde gemischt.«

»Ich habe von weitem ein Mädchen gesehen!« bermerkte die Mutter beiläufig und streifte ihren Sohn mit einem Seitenblick.

»Ihr gehört das Tier!« entgegnete Musa.

Die Begegnung mit dem Mädchen beschäftigte Musa. Die ganze Nacht über lag er auf seinem Rücken und blickte zum Zeltdach. »Sie war keck!« dachte er. »Und ihre Stimme hatte einen angenehmen Klang. Sie war nicht zu groß und nicht zu klein. Ihr Gang war nicht zu schnell und nicht zu langsam.«

Der junge Hirte beschloß, am nächsten Tag denselben Weideplatz aufzusuchen.

In aller Frühe führte Musa seine Herde zu der Weidestelle. Er setzte sich auf einen Felsbrocken und ließ seine Blicke schweifen, während die Tiere sich an den Kräutern gütlich taten.

Erst als die Sonne den Tau getrocknet hatte, erblickte Musa in der Ferne das Mädchen, das mit ihrer Herde näherkam. Einen Steinwurf von Musa entfernt, machte sie Halt und ließ ihre Ziegen weiden.

Im Schatten eines Strauches setzte sie sich nieder, holte das Stickzeug aus ihrem Beutel und begann zu sticken. Musa betrachtete sie unverwandt, während sie ihm nur ab und an durch die Schleieröffnung einen Blick zuwarf.

Bevor die große Mittagshitze einsetzte, führten die Hirten ihre Herden zum Brunnen. Musa und das Mädchen waren die ersten, die am Brunnen anlangten.

Seite an Seite standen sie am Brunnen und schöpften Wasser für die Ziegen. Als das Mädchen sich über den Brunnenrand beugte, um den schweren Wassersack herauszuheben, entglitt ihr der Schleier.

Musa stand da wie ein Zeltpflock in der Erde. Das Seil glitt ihm aus der Hand, und der Wassersack landete mit einem platschenden Geräusch im Brunnen. Das Mädchen prustete vor Lachen.

Der junge Hirte war verlegen. Erst als sie ihren Schleier wieder über das Gesicht gezogen hatte, wagte er, seinen Blick zu heben.

»Ich habe heute Nacht schlecht geschlafen«, entschuldigte er sich.

»Das ist nicht der erste Wassersack, der in den Brunnen gefallen ist!« tröstete ihn das Mädchen. »Mit meinem Wassersack können wir beide Herden tränken!«

So lernten sich Musa und Zaneh kennen, und seit diesem Tag trafen sich die beiden immer wieder auf der Weide und tauschten Blicke und Geschenke aus.

Musa erinnerte sich, wie er Zaneh am Brunnenrand den ersten Kuß auf die Lippen drückte und zum ersten Mal ihren warmen Atem spürte.

Fünf Frühlinge nach dem Vorfall mit dem Wassersack heiratete Musa Zaneh. Ihre Heirat war die erste Verbindung zwischen Musas Stamm und Zanehs Stamm. Bereits bei den Brautverhandlungen hatte der Scheich von Musas Sippe diese Bindung gutgeheißen.

»Frauen bringen die Menschen einander näher. Wer dir eine Frau gibt, macht dein Zelt bewohnbar!« kommentierte er das Ereignis.

Beim Hochzeitsfest für seinen Sohn zeigte sich Musas Vater großzügig. Ein Dutzend Ziegen schlachtete er zu Ehren der Festteilnehmer. In einer langen Reihe trugen die Männer die mit Fleisch und Fladenbrot gefüllten Platten zu den großen Festzelten.

Musa sah im Traum das geschmückte Hochzeitszelt vor sich, in dem er mit Zaneh die Hochzeitsnacht verbracht hatte. Der Jasminduft stieg ihm in die Nase. Glücklich und stolz hatte er am nächsten Morgen das Hochzeitslager verlassen.

Ihre Verbindung stand unter einem guten Stern, doch ein Wunsch ging nicht in Erfüllung, der Wunsch nach Kindern. Die beiden suchten die berühmtesten Derwische auf, sie besuchten die heiligsten Gräber, doch Zaneh wurde nicht schwanger.

Der eine Derwisch vermutete, daß ein böswilliger Mensch Zaneh mit einem Zauberamulett am

Schwangerwerden hinderte. Ein anderer mutmaßte, daß Musa als Junge in der Abenddämmerung eine Höhle betreten und sich dabei erschrocken hatte. Alle Ratschläge der Derwische fruchteten nichts. Musa und Zaneh blieben kinderlos.

Eines Nachts, als die beiden auf dem Schlaflager lagen, hob Zaneh ihren Kopf: »Musa! Allah hat unser Leben nicht mit Kindern bereichert!«

Musa legte seine Hand auf ihre Wange. »Wir haben alles versucht. Die besten Heiler und die berühmtesten Derwische konnten uns nicht helfen. Es ist unser Schicksal!«

Zaneh zögerte. »Musa! Willst du eine andere Frau heiraten?«

»Wie kommst du darauf?« fragte ihr Mann.

»Die Zeltbewohner sorgen sich um uns. Sie warten auf unsere Nachkommen!«

»Das weiß ich. Ich habe es oft genug gehört!« erwiderte er und faßte seine Frau fest an der Hand. »Wir werden zusammenbleiben. Du hast meinetwegen deinen Stamm verlassen, obgleich viele junge Männer dich zur Braut haben wollten. Ich habe eine starke Sippe.«

Musa blieb seinen Worten treu.

Es war ein Sommertag, als Musa von einer Reise zurückkehrte. Zaneh saß im Zelt und bürstete die schwarzen Ziegenhaare, die sie verspinnen wollte, um neue Zeltbahnen zu weben. Vor dem Zelt zügelte Musa sein Kamel. Er griff in die Satteltasche und ein großer Granatapfel kam zutage.

Zanehs Gesicht strahlte: »Wie lange habe ich keinen Granatapfel mehr gegessen!«

Nachdem Zaneh ihrem Mann Wasser und Essen gereicht hatte, öffnete sie den Granatapfel und schob genüßlich Kern für Kern in ihren Mund.

»Wie war die Reise?« erkundigte sie sich.

»Ich habe die Tiere zu einem guten Preis verkauft!« entgegnete er.

»Vorgestern habe ich in einem Zeltlager Schutz vor der Mittagshitze gesucht«, fuhr er fort. »Während ich im großen Scheichzelt saß und mich mit kühlem Wasser erfrischte, näherte sich in schnellen Schritten eine Frau. Die Frau wurde von einem Mann verfolgt. Der Scheich erhob sich und rief dem Verfolger zu: ›Laß die Frau in Frieden!‹

Der Mann beschleunigte seine Schritte noch. Es schien, als würde er die Frau einholen. ›Laß die Frau in Frieden!‹ rief der Scheich ein zweites Mal.

Der Verfolger nahm die Worte nicht ernst. Als die Frau einen Steinwurf vom Zelt entfernt war, erhob der Scheich noch einmal seine warnende Stimme: ›Die Frau steht unter dem Schutz meines Zeltes!‹

Als der Verfolger immer noch nicht aufgab, schickte der Scheich seine Söhne los, um den Mann aufzuhalten. Als dieser Widerstand leistete, prasselten von allen Seiten Hiebe auf ihn nieder. Schließlich mußte er klein beigeben. Mit gesenktem Blick suchte er das Weite.

Währenddessen wurde die Schutzsuchende von

der Frau des Scheichs empfangen. Es stellte sich heraus, daß der Verfolger ihr Mann war. Zwischen den beiden hatte sich ein Streit entsponnen. Sie machte sich daraufhin auf den Weg zum Zeltlager ihrer Sippe. Doch ihr Mann wollte sie daran hindern und verfolgte sie. Und so suchte sie Schutz im nächstgelegenen Zelt.

Am späten Nachmittag, als ich gerade aufbrechen wollte, traf eine Reiterschar im Zeltlager ein. Die Reiter suchten das Scheichzelt auf; dort wurden sie empfangen und mit Kaffee begrüßt.

Als der Scheich sich anschickte, zu Ehren der Gäste ein Schaf zu schlachten, wandte sich der Älteste unter den Reitern an den Gastgeber: ›Eure Gastfreundschaft ehrt uns! Doch wir sind keine Gäste!‹ Der Redner räusperte sich: ›Eine dringende Angelegenheit führt uns zu euch! Ein Mann aus unserer Sippe hat dein Zeltrecht verletzt. Wir kommen zu dir und bitten um Versöhnung!‹

Der Mann hielt kurz inne und ließ seine Blicke in der Runde schweifen. ›Wir wissen, daß unser Stammesbruder im Unrecht ist. Wir möchten die Angelegenheit bereinigen!‹

Der Redner wandte sich an den Scheich: ›Du bist der Richter in eigener Sache!‹

Die Anwesenden verfolgten die Worte mit Aufmerksamkeit. Der Scheich wiegte nachdenklich seinen Kopf. ›Euer Sippenangehöriger hat sich eines schweren Vergehens schuldig gemacht. Ich habe ihn mehrmals verwarnt. Doch dieser Mann ist entweder taub oder er saß in seiner Jugend zu wenig in der Männerrunde, um die Sitten und Gebräuche seiner Vorfahren kennenzulernen!‹

Der Scheich nippte an seinem Kaffeeschälchen. ›Also, ich bin Richter in eigener Sache‹, wiederholte er.

›Ja, du urteilst über diesen Fall!‹ pflichteten die Gäste bei.

›Jeden, der das Zeltrecht mißachtet, kommt dies teuer zu stehen!‹ betonte der Richter.

›Das wissen wir wohl!‹ sprach der Älteste unter den Reitern.

Der Scheich dachte eine Weile nach. Es wurde so still im Zelt, daß man einen Nagel hätte fallen hören. Dann fällte der Scheich das Urteil: ›Dieser Zeltbewohner muß für sein Vergehen angemessen bestraft werden. Sein Fall soll auch eine Mahnung für andere sein. Als Genugtuung verlange ich drei Dinge. Sicheres Geleit für den Schützling: Der Älteste unter euch soll die Frau zu ihrer Sippe geleiten. Für die Schläge, die der Mann abbekommen hat, entfällt die Entschädigung, denn er hat die Schläge verdient. Und schließlich fordere ich für jeden Schritt, den der Beklagte nach meiner ersten Verwarnung auf mein Zelt zugegangen ist, eine Goldmünze.‹

›Dein Urteil ist gerecht!‹ stimmten die Reiter zu.

Begleitet von drei Männern begab sich der Scheich zu der Stelle, wo der Verfolger die erste Warnung erhalten hatte, und zählte die Schritte bis zu seinem Zelt. Es waren dreihundertvierundzwanzig.

›Die Strafe beträgt dreihundertvierundzwanzig Goldmünzen!‹ verkündete der Scheich.

›Der Mann ist nicht wohlhabend!‹ gab der Älteste der Gäste zu bedenken. Und ein anderer fügte hinzu: ›Zorn hat seinen Verstand vernebelt, und wer wütend ist, verflucht sogar Allah!‹

›Ob arm oder reich, jeder muß das Recht achten!‹ beharrte der Scheich.

Erst nach langen und zähen Versuchen zu schlichten, ließ der Scheich sich zu einer milderen Strafe bewegen. Er halbierte die Anzahl der Goldmünzen. Die Reiter verpflichteten sich, beim nächsten Vollmond die Summe zu entrichten.«

Zaneh hatte aufmerksam gelauscht. »Das Urteil ist gerecht!« sagte sie. »Das nächste Mal wird es sich der Mann dreimal überlegen, bevor er das Zeltrecht verletzt.«

Ein Kitzeln am Fuß weckte den Träumenden. Der Alte reckte seinen Kopf und sah im Mondlicht eine kleine Maus hinter dem Mehlsack verschwinden. Er lächelte: »Schon lange haben wir einander nicht mehr gesehen.«

Musa drehte sich auf den Rücken und lauschte in die Nacht. Nur das Rascheln der Maus und die gleichmäßigen Atemzüge des Gastgebers waren zu hören. »Diese Stille der Nacht habe ich lange nicht mehr genossen«, dachte er. Und während er durch das Zeltloch die Plejaden betrachtete, versank er wieder in tiefen Schlaf. Der Alte träumte von der Zeit, als das erste Radio im Stammeslager auftauchte.

Es war ein unvergleichliches Ereignis, als Abu Hassan den großen Kasten auf dem Eselsrücken ins Zeltlager brachte. Als Händler hatte er oft auf den Märkten der Städte zu tun, und so kam er in Berührung mit dieser Neuheit. Er hatte schon viel davon berichtet und die Zeltbewohner neugierig gemacht. Das Radio könnte sprechen, singen, Koranverse rezitieren und noch vieles mehr, erzählte er.

Musa fütterte gerade seinen Esel, als sich die Nachricht von der Ankunft dieses sonderbaren Gerätes in Windeseile im Zeltlager verbreitete.

»Wer das Radio sehen will, kann in das Zelt von Abu Hassan kommen!« hieß es.

Innerhalb kurzer Zeit hatte sich Abu Hassans Zelt gefüllt, vor dem Zelteingang drängten sich Dutzende von Kindern. Der Lärm war so groß, daß man sein eigenes Wort nicht hören konnte.

In der Mitte des Zeltes hatte Abu Hassan den Kasten aufgestellt. Das Radio spielte Musik, die von brummenden Tönen untermalt wurde. »Wo versteckt sich diese Musikgruppe?« wollte ein Greis wissen.

»Wie soll ich das wissen!« erwiderte ein junger Mann.

»Ruhe! Ruhe!« rief Abu Hassan. »Das Radio wird uns jetzt erzählen, ob es bald Regen gibt oder nicht!«

»Regen?« fragte ein Hirte. »Steht der Kasten in Verbindung zum Himmel?«

Abu Hassan stand auf und fuchtelte mit den Armen. »Ruhe! Ruhe! Ihr erschreckt das Radio mit eurem Lärm!«

Die Stimmen senkten sich und es wurde leiser im Zelt. Zahllose Augenpaare starrten auf den sprechenden Kasten.

Nachdem die Stimme im Radio über die Wetterlage berichtet hatte und die Musik wieder einsetzte, fragte jeder den anderen, ob es Regen geben würde.

Der Scheich wandte sich an Abu Hassan. Dieser zuckte mit den Schultern. »Das Radio hat von Temperaturen, Wind und Wolken erzählt, ob daraus Regen wird, weiß ich nicht!«

»Das weiß nur Allah!« murmelte der Scheich.

Von diesem Tag an riß der Besucherstrom nicht mehr ab. Bis spät in die Nacht war Abu Hassans Frau damit beschäftigt, die Besucher mit Tee und Kaffee zu bewirten. Am frühen Morgen glimmte noch die Glut vom Feuer der vergangenen Nacht. Es war vorbei mit der Ruhe in Abu Hassans Zelt.

Wenn er nachts das Radio abstellte und den Besuchern erzählte, das Radio sei schlafen gegangen, so erkundigten sie sich: »Wann wacht das Radio morgen wieder auf?«

»Es war ein langer und anstrengender Tag!« pflegte Abu Hassan zu sagen. »Das Radio wird morgen bestimmt lange ausschlafen!«

Das Ereignis mit dem Radio beschäftigte Zaneh und Musa. Zaneh fragte ihren Mann: »Wie kommt es, daß man so viele Stimmen im Radio hört, ohne daß man die Menschen sieht?«

Ihr Mann erwiderte: »Abu Hassan hat erzählt, daß diese Menschen in einem großen Haus wohnen, und daß der Wind ihre Stimmen in alle Himmelsrichtungen trägt!«

»Glaubst du alles, was Abu Hassan dir erzählt? Wenn ich jetzt laut schreie, meinst du, daß meine Stimme das benachbarte Zeltlager erreichen wird?«

»Ich kenne mich mit dem Radio nicht aus!« sagte Musa und zog sich die Decke über den Kopf.

Die Kunde von Abu Hassans Radio verbreitete sich. Die Zuhörerschaft wurde immer zahlreicher. Selbst von benachbarten Stämmen fanden sich Neugierige ein. Abu Hassans Zelt wurde zu einem neuen Pilgerort. Die Besucher durchlöcherten Abu Hassans Bauch mit unzähligen Fragen.

Nach einiger Zeit ließ die Stimme des Radios nach. Von Tag zu Tag wurde sie schwächer, und die brummenden Geräusche wurden stärker. Die Zuhörerschaft war besorgt.

»Das Radio mag nicht mehr sprechen, es ist müde!« mutmaßte einer. Ein anderer hatte die Vermutung, daß das Radio krank sei, sogar schwer krank. Die neuen Besucher waren enttäuscht. Abu Hassan versetzte dem Kasten ab und zu ein paar Schläge, um ihn wach zu halten; bisweilen drehte er an den Knöpfen. Doch alles war umsonst.

Eines Abends verstummte das Radio ganz.

Die Kunde, daß das Radio verstorben sei, machte die Runde. Abu Hassan fühlte sich in seinem Stolz verletzt, während seine Frau erleichtert aufatmete.

»Sei froh!« sagte sie zu ihrem Mann. »Seit dieser verfluchte Kasten im Zelt ist, haben wir keinen ruhigen Augenblick mehr. Der Zuckersack ist leer, und unsere Tee- und Kaffeevorräte sind aufgebraucht. Dieser Kasten ruiniert uns!«

Doch Abu Hassan widersprach: »Wie stehe ich denn da vor den Stammesbrüdern? Ich kann mich doch nicht blamieren!«

Nach einigem Hin und Her beschloß er, das Radio dem Verkäufer zurückzubringen. Am nächsten Morgen belud Abu Hassan unter den Blicken der Schaulustigen seinen Esel und ritt in die Stadt.

Zornig pflanzte er sich vor dem Verkäufer auf: »Der Kasten, den du mir verkauft hast, hat aufgehört zu sprechen!«

Der Ladenbesitzer beschaute sich das Gerät von allen Seiten, drehte an den Knöpfen und legte sein Ohr an. »Das Radio ist in Ordnung!« stellte er fest. »Es braucht nur Futter!«

»Futter?« empörte sich Abu Hassan.

»Das Radio hat bestimmt Tag und Nacht bei dir

gesprochen! Je mehr das Radio spricht, umso mehr Futter braucht es.«

Abu Hassan kratzte sich an der Schläfe. »Und wie teuer ist das Futter?«

»Ein halbes Pfund!« gab der Verkäufer zur Antwort.

Abu Hassan erinnerte sich an die Worte seiner Frau und kalkulierte: »Ein halbes Pfund für das Futter, einen Zuckersack, zwei Beutel voll Kaffee und Tee. Das Radio schluckt mehr als drei Kamele. Und obendrein hat es die Ruhe aus dem Zelt vertrieben!«

Schweren Herzens entschloß er sich, den Kasten in der Stadt zurückzulassen. Im Zeltlager verkündete Abu Hassan, das Radio sei nicht mehr wiederzubeleben.

Der Schläfer, der immer noch auf dem Rücken lag, sah im Traum das Tote Meer vor sich. Ihm träumte, er habe mit seiner Kamelstute die Salzkarawane begleitet. Als die voll beladenen Kamele wieder im Stammeslager eintrafen, fand Musa seine Frau Zaneh vor dem Zelt. Sehnsüchtig wartete sie auf ihn.

»Musa!« rief sie, als er auf das Zelt zusteuerte.

»Ich höre!« Der Mann winkte mit seinem weißen Kopftuch. Er zügelte sein Kamel, ließ es vorsichtig niederknien, und Zaneh half ihm beim Abladen der Salzsäcke.

»Jetzt haben wir große Vorräte an Salz, und was

wir nicht brauchen, können wir gegen Getreide eintauschen. So werden Salz und Brot nicht ausgehen in unserem Zelt!«

Zaneh strahlte über das ganze Gesicht. »Das ist gut so, jetzt, wo wir einen Gast erwarten!«

Musa schaute sie fragend an. »Ist das ein Scherz?«

»Wenn du mir nicht glaubst, kannst du die Hebamme fragen!«

Der Mann drückte seine Frau an sich. »An diesen Gast habe ich nicht gedacht, als ich die Salzsäcke füllte!«

»Du mußt mir alles haarklein erzählen«, bat er, als sie zusammen beim Tee saßen.

»Vorgestern habe ich der Hebamme meinen Bauch gezeigt und ihr von meinen Gelüsten erzählt. Die Alte betrachtete mich von Kopf bis Fuß, dann ließ sie ihre knochigen Hände über meinen Bauch gleiten. ›Zaneh, du bist schwanger!‹, sagte sie. ›Meinen Zelteingang will ich verdrehen, wenn es nicht wahr ist!‹ Die Alte umklammerte meinen Arm. ›Wer hätte gedacht, daß du jemals Gelüste bekommst!‹«

Musa unterbrach sie. »Worauf hat die Schwangere Gelüste?« erkundigte er sich.

»Mein Sinn steht nach Trauben, Äpfeln und nach einer Lammkeule!«

»In dieser Dürrezeit? Bestimmt hattest du schon vor der Schwangerschaft Lust auf diese Köstlichkeiten!« lachte Musa.

»Sei vorsichtig«, warnte die Frau. »Die Hebamme sagte, mit den Gelüsten einer Schwangeren sei nicht zu scherzen. Wenn ich Lust auf einen Apfel habe und du versagst mir diesen Wunsch, so wird sich auf der Haut des Neugeborenen ein Apfel abbilden. Nichts wird dieses Mal zum Verschwinden bringen, und jeder wird das Zeichen sehen. Die Zeltbewohner werden sagen: Was für ein Geizkragen! Musa hat seiner schwangeren Frau nicht einmal einen Apfel gegönnt!«

»Ich hoffe nur, daß du keine unerreichbaren Wünsche hast«, lächelte der Mann. »Bitte keine Wassermelonen im Winter!«

Zanehs Bauch wölbte sich von Tag zu Tag mehr, und Musa war bemüht, die Wünsche seiner Frau zu erfüllen. Und eines Tages war es dann soweit. Die Stunde der Geburt nahte. Als die Wehen einsetzten, bat Musa die Hebamme, seiner Frau beizustehen.

Musa saß im großen Scheichzelt und wartete voll Ungeduld auf Nachricht aus seinem Zelt.

Nach geraumer Zeit vernahm er das laute Trillern der Frauen. »Ein Sohn!« verkündete die Hebamme.

Freude und Glück erfüllten Musas Herz. Stolz nahm er die Glückwünsche der Männer entgegen. »Karim wird mein Sohn heißen«, gab der Vater bekannt.

Karim wuchs heran. Allah hatte ihn mit Schönheit gesegnet. Er war groß und schlank, seine

Augen waren schwarz wie Kajal, und dichtes Haar umrahmte sein ebenmäßiges Gesicht.

Als Karim seinen fünfzehnten Frühling erreicht hatte, war seine Schönheit voll erblüht. Unzählige Blicke zog er auf sich. Ritt er zum Brunnen, um Wasser zu holen, so folgte ihm gewöhnlich eine Schar von Mädchen, und nicht wenige verheiratete Frauen schütteten die gefüllten Wassersäcke aus und folgten der Karawane. Alle wollten ihre Augen weiden an der Gestalt des schönen Jünglings.

Nicht selten war Karim verlegen, wenn ihn Blicke wie Pfeile trafen. Während die Frauen und Mädchen von ihm träumten, beäugten ihn die jungen Männer argwöhnisch.

»Karim verdreht den Mädchen den Kopf, und wir gehen leer aus!« schimpfte Awad.

»Meine Schwester lehnte den Heiratsantrag ihres Vetters ab. Sie hat nur noch Augen für Karim!« sagte Razik gereizt.

»Jeder beschwert sich, aber keiner unternimmt etwas«, schaltete sich ein dritter ein.

»Wir müssen Karim aus dem Weg schaffen!«

Nach langen Überlegungen heckten die jungen Männer einen Plan aus. Beim Wasserschöpfen sollte einer von ihnen Karim in den Brunnen stoßen.

»Der Plan ist listig!« meinte Awad. »Es wird wie ein Unfall aussehen.«

Es war ein hochsommerlicher Tag, als die jungen Männer ihren Plan ausführen wollten. Mensch und Tiere drängten sich um den Brunnen, um sich am kühlen Wasser zu laben.

Die Sommerhitze trieb auch die schöne Hind zur Wasserquelle, die sonst selten den Brunnen aufsuchte.

Während die Wassersäcke durch die Brunnenöffnung auf- und niederstiegen und das Brüllen und Gemeckere der Herden so laut war, daß man sein eigenes Wort nicht verstand, drängelten sich die jungen Männer an den Brunnenrand. Im Gedränge versetzte einer Karim einen Schubs. Karim stürzte durch den Brunnenöffnung, doch zu seinem Glück kam ihm ein Wassersack entgegen, an dem er sich festklammern konnte. Es war der Wassersack der schönen Hind, die es sich zur Gewohnheit gemacht hatte, das Seilende an einem Fels am Brunnenrand zu befestigen. Karim konnte an dem Seil hochklettern. Sein Gesicht war gelb wie eine Zitrone, als er seinen Kopf über den Rand streckte.

Hind reichte ihm die Hand und zog ihn hoch. »Du hattest Glück im Unglück! Seit mir einmal ein Wassersack in den Brunnen geplumpst ist, befestige ich das Seil am Felsen.«

»Schöne Hind, du hast mir das Leben gerettet!« bedankte sich Karim.

Die Frau reichte ihm den Wassersack, damit er sein Gesicht waschen konnte.

»Wie bin ich in den Brunnen gerutscht?« rätselte Karim.

»Wer Wasser schöpfen will, braucht kräftige Beine«, zischte einer der jungen Männer.

Auf dem Rückweg zum Zeltlager sprach Hind zu Karim: »Vorige Nacht träumte ich, daß du in Not warst; eine Löwenmeute umringte dich und wollte dich zerreißen. Mein Herz sagte mir, ich solle dich warnen.«

Lange noch konnte Karim Hinds Worte nicht vergessen. Seit diesem Vorfall schlug Karims Herz für die schöne Hind. Die beiden trafen einander heimlich im Palmenhain, und wenn immer Hinds Mann auf Reisen war, suchte Karim in der Dunkelheit ihr Zelt auf.

Eines Nachts, als Karim und Hind sich vergnügt hatten und beide auf dem Schlaflager ruhten, riß ein lautes Wiehern Hind aus dem Schlaf. »Karim! Karim! Wach auf«, flüsterte sie dem Schlafenden ins Ohr. Er öffnete seine Augen.

»Ich höre das Pferd meines Mannes!«

Wie von einem Skorpion gestochen, sprang Karim hoch, und mit einem Satz war er durch das Zeltloch verschwunden. Hind ließ einige Augenblicke verstreichen, dann rief sie: »Mein goldener Armreif! Ein Dieb! Ein Dieb!«

Mittlerweile stand ihr Mann im Zelteingang. »Wo ist der Dieb?« rief er.

Hind zeigt nach Osten. »Der Dieb ist zu den Kamelen gelaufen. Schnell! Schnell!«

Die lauten Rufe hatten die Bewohner des Zeltlagers geweckt. Alle liefen zusammen, und Karim mischte sich unter das Getümmel. Alle machten sich auf die Suche nach dem Dieb.

»Ich war gerade am Melken, als eine Gestalt an mir vorbeischoß. Die berühmte Stute des Terabin-Stammes hätte den Dieb nicht einholen können«, erzählte eine Frau. Die Stammesbewohner suchten die Umgebung ab, ohne etwas Auffälliges zu entdecken.

»Es hat keinen Sinn, weiter zu suchen. Die dunklen Nächte gehören den Dieben«, kommentierte der Kadi. »Jeder soll in sein Zelt zurückkehren und wachsam sein.« Und so stellten die Zeltbewohner die Suche ein.

Doch die Zeiten, in denen Liebende durch ein Zeltloch entschlüpfen konnten, neigten sich ihrem Ende zu. Auch Hind tauschte ihr schwarzes Zelt gegen ein Steinhaus ein.

Als Karim eines Nachts bei seiner Geliebten lag, wurden sie vom Rattern eines Autos wach. Die Frau horchte. Kurz darauf hörte sie die Stimme ihres Mannes: »Hind, öffne die Tür!«

Karim erschrak. »Wie komme ich aus dem Haus?«

Hinds Herz schlug bis zum Hals. »Vor der Tür steht mein Mann, und das Fenster ist vergittert!« Das Klopfen an der Tür wurde immer heftiger.

Musa, der Träumende, wälzte sich im Sand. »Hind! Hind! Warum hast du dein Zelt gegen ein Steinhaus eingetauscht? Jetzt ist mein Sohn gefangen wie ein Hase im Korb! Die Ehre der Frau?

Warum hat der Baumeister nicht an den Liebhaber gedacht? Karim, mein Sohn, Allah und der Stammesahn mögen dir beistehen!«

»Hind! Wach auf«, rief der Mann vor der Tür.

»Hab ein wenig Geduld, ich kann den Schlüssel nicht finden!« vertröstete ihn die Frau.

»Schnell, schlüpf in dieses Kleid«, drängte sie Karim, »und verschleiere dich mit diesem Tuch.«

Die Rufe vor der Tür wurden immer ungeduldiger. »Aufmachen! Aufmachen!« Hind schloß sachte die Tür auf. »Sei leise, wir haben Besuch.«

»Besuch?« Ihr Mann schaute sie fragend an.

»Heute abend klopfte eine arme Frau an meine Tür und bat mich um eine Unterkunft für die Nacht.«

»Wie soll ich das wissen?« entschuldigte sich der Mann. Hind führte ihn ins Nebenzimmer. »Hast du die Besucherin bewirtet?« wollte er wissen.

»Ich habe für sie ein Huhn geschlachtet. Ein Rest von dem Mahl ist übrig. Hast du Hunger?« Der Mann nickte. Während er zufrieden an einem Hühnerbein nagte, erzählte ihm Hind, daß die Besucherin vor Sonnenaufgang zum Markt reiten wollte.

Dem Träumer fiel ein Stein vom Herzen. »Karim, mein Sohn, für dieses Mal bist du gerettet. Doch merke dir: Nimm dich in acht vor den Steinhäusern. Wer den Schlüssel in der Hand hat, ist Herr des Hauses.«

Als der Morgenstern aufging und eine frische Brise durch das Zelt zog, legte Musa seinen wollenen Umhang über sich. Neue Bilder tauchten in seinem Traum auf. Er sah einen schwarzen Kasten mit drei Beinen vor sich. Eines Tages war ein Fahrzeug zu Musas Stamm gekommen. Drei Männer entstiegen dem Fahrzeug und stellten sich als Staatsdiener heraus. Einer der Männer überragte die anderen um einen Kopf, zahlreiche Orden schmückten seine Schultern.

Der Scheich begrüßte die Fremden. »Was führt euch zu uns?«

Der Lange erwiderte: »Die Beduinen haben bislang keine Papiere, weder Geburtsurkunden noch Personalausweise. Die Zeiten haben sich geändert. Wir sind gekommen, um die Bewohner zu registrieren!«

»Wozu brauchen wir in der Wüste Papiere?« wollte der Scheich wissen.

»Heutzutage sind Papiere wichtig, ohne Papiere kann man sich nicht bewegen. Wenn du zum Beispiel in die nächste Stadt reitest und auf eine Patrouille stößt, mußt du dich ausweisen können!«

Der Scheich zuckte verständnislos mit den Schultern, doch schließlich schickte er die Kinder los, um die Stammesbewohner zu rufen. Alle sollten sich vor dem Scheichzelt versammeln.

Mittlerweile hatten die Staatsdiener neben ihrem Fahrzeug einen Klapptisch aufgestellt. Ein Haufen von Papier türmte sich auf dem Tisch.

Einige Stammesbewohner umringten neugierig den Tisch und beäugten die Staatsdiener. Andere betrachteten das Geschehen aus angemessener Entfernung, und wieder andere versuchten sich zu verbergen.

Einer der Staatsdiener holte aus dem Kofferraum des Autos ein schwarzes Gerät, das er auf drei Beine montierte, die wie Zeltstangen aussahen. Er richtete den schwarzen Kasten auf den Scheich und verschwand mit seinem Kopf hinter einem großen schwarzen Tuch.

»Was hast du vor?« rief der Scheich.

»Ich will ein Bild von dir machen. Jeder, der einen Personalausweis bekommt, braucht ein Bild!«

Der Staatsdiener griff in seine Jackentasche und zeigte dem Scheich seinen Ausweis. »Siehst du mein Bild?«

Der Scheich musterte das Papier. »Das Bild sieht dir ähnlich!« stellte er fest.

»Das Bild in meinem Ausweis bezeugt, daß dieser Personalausweis mir gehört!« fuhr der Staatsdiener fort. »Damit man die Papiere voneinander unterscheiden kann, müssen wir jeden fotografieren!«

Der Scheich runzelte die Stirn. »Auch die Frauen?«

»Ja!« erwiderte der Lange.

Der Scheich blickte in die Runde und sah verdutzte Gesichter. »Das kommt nicht in Frage! Du kannst deinen schwarzen Kasten wieder einpacken!

Wer weiß, was du mit den Bildern der Frauen machst!«

Es entfachte sich ein heftiger Streit zwischen den Stammesbewohnern und den Staatsdienern, in dessen Verlauf die Staatsdiener nachgaben: Die Frauen bekamen Ausweise ohne Bilder!

Die Staatsdiener stellten viele Fragen an die Stammesbewohner. Die schwierigste Frage war die nach dem Alter. Ein älterer Mann erwiderte auf die Frage, wie alt er sei: »Meine Mutter hat mich geboren, als die Osmanen in Palästina herrschten!«

»Die Osmanen haben mehrere Jahrhunderte in Palästina geherrscht!« ereiferte sich einer der Staatsdiener. »Wie soll ich daraus dein Alter ableiten?« Er wandte sich einer Frau zu: »Weisst du, wie alt du bist?«

»Ich bin zwei Frühlinge nach meiner Schwester geboren!«

»Und wie alt ist deine Schwester?« hakte er nach.

»Sie hat sieben Kinder geboren, und als der achte Enkel zur Welt kam, ist sie verstorben!«

Der Beamte bekam einen hochroten Kopf und ließ vor Wut seinen Stift fallen. »Wie soll ich mit solchen Angaben das Alter ermitteln?« schimpfte er.

Der Scheich wandte sich an den Langen: »Die Stammesbewohner wissen nicht, wie alt sie sind. Man zählt die Frühlinge, bis man heiratet, dann gibt man das Zählen auf!«

Der Lange wandte sich dem Schreiber zu. »So kommen wir nicht weiter. Ich schlage vor, daß wir das Alter der Leute schätzen!«

Die Stammesbewohner reihten sich in eine lange Schlange, und die Staatsdiener musterten jeden von Kopf bis Fuß und kritzelten für jeden eine Zahl auf das Papier.

Jahre nach diesem Ereignis wurde der Scheich zum Bezirksgouverneur in die Stadt bestellt. Die Wache geleitete ihn zum Gouverneur.

Nach der Begrüssung mit kühlen Getränken erkundigte sich der Gouverneur nach dem Befinden der Stammesbewohner.

»Viele Beduinen sind in die Steinhäuser eingezogen«, erzählte der Scheich. »Das Leben ist teuer geworden, die Steinhäuser haben unersättliche Mäuler, viele Menschen sind in Not geraten!«

Der Scheich schaute den Gouverneur an. »Früher lebten wir einfach, heute müssen wir für alles Münzen bezahlen. Die Menschen sehnen sich zurück nach den alten Zeiten!«

Der Gouverneur lächelte. »Ich habe eine gute Nachricht für euch. Die Regierung will euch helfen. Wir haben auch an die Alten gedacht. Ab dem fünfundsechzigsten Lebensjahr bekommt jeder von euch eine monatliche Unterstützung!«

Der Scheich drückte dem Gouverneur dankend die Hand.

Als der Scheich den Stammesbewohnern die Neuigkeit verkündete, setzte das große Suchen ein.

Die Alten kramten in allen Ecken und Winkeln, zwischen den Teppichen und unter den Matratzen. Bald trafen die ersten mit ihren Papieren in den Händen beim Scheich ein.

Der älteste Sohn des Scheichs, der Lesen und Schreiben gelernt hatte, war umringt von einer Traube von Alten. Erwartungsvoll richteten sich die Augen auf ihn.

»Fatima, du bekommst die Unterstützung!« verkündete er.

Die alte Frau nickte zufrieden.

Der Scheichsohn schaute sich den nächsten Ausweis an, dann schüttelte er den Kopf. »Du, Ibrahim, bekommst noch keine Unterstützung! Du mußt noch fünf Jahre warten.«

»Das Papier lügt!« Der Alte war aufgebracht. Er klopfte mit seiner Pfeife auf den Boden. »Ich bin älter als Fatima!«

Der Scheichsohn zuckte mit den Schultern. »So steht es hier geschrieben!«

Er musterte weitere Ausweise und stellte fest, daß in einigen Fällen der Sohn als älter registriert war als der Vater. Die Gesichter wurden immer länger. »Siehst du, die Papiere lügen!« trumpfte der alte Ibrahim auf. »Wie kann der Vater jünger als der Sohn sein?«

Während Musa den alten Ibrahim mit seiner Pfeife vor sich sah, begann der Gastgeber, die gerösteten Kaffebohnen im Mörser zu zerstampfen. Die rhythmischen Schläge des Stössels, die weithin hallten, weckten den Träumenden. Musa setzte sich auf und sah, wie der Gastgeber in der Morgensonne die große Schnabelkanne auf das Feuer setzte.

Beim Morgenkaffee erzählte der alte Musa seinem Freund von der großen Reise, die er in der Nacht unternommen hatte.

Der Gastgeber lächelte. »Du hast dich auch weit von deinem Schlaflager entfernt!«

»Auf dem kühlen Sand habe ich tief geschlafen. Schon lange habe ich nicht mehr geträumt. Im Steinhaus blieben die Träume aus!«

»Es freut mich, daß die Träume zu dir zurückgefunden haben!« erwiderte der Gastgeber. »Und wenn du wieder Sehnsucht nach deinen Träumen verspürst, so findest du bei mir immer ein offenes Zelt!«

Musa legte dem Gastgeber die Hand auf die Schulter. »Ein wahrer Freund bist du!«

Mittlerweile hatte die Frau des Gastgebers Brot gebacken und das Frühstück zubereitet.

Nachdem sich Musa mit frischer Milch, Ziegenkäse und Brot gestärkt hatte, verabschiedete er sich von seinem Freund. »Allah möge dein Zelt schützen!« wünschte er, als er auf sein Reittier stieg.

Auf dem Heimweg hatte Musa genug Muße, um die sandigen Hügel und die Kronen der Palmen zu betrachten, die voll von Datteln hingen. Ein Adler zog seine weiten Kreise über einem ausgetrockneten Wadi. Der Nachklang der Nacht begleitete ihn auf seiner Heimreise, und der Alte fühlte sich so glücklich wie schon lange nicht mehr. Er dachte an Zaneh, seine Frau.

Als ihn sein Weg an einer Oase vorbeiführte, stieg er von seinem Esel ab, um Wasser zu trinken. »Äpfel, Trauben, Granatäpfel!« hörte er eine Stimme rufen.

Zwischen den Palmen erblickte er einen fliegenden Händler, der einen großen Korb trug. Musa winkte den Händler herbei und kaufte Trauben und rotbackige Äpfel. Im Schatten der Palmen rauchte der Alte noch genüßlich eine Pfeife, dann macht er sich auf den Weg nach Hause.

Noch bevor die große Mittagshitze anbrach, erreichte der Reiter sein Ziel. »Zaneh!« rief er. Die Frau trat aus der Tür.

Musa griff in die Satteltasche. »Hier sind Äpfel für die Schwangere! Und in der anderen Tasche habe ich Trauben.« Er strahlte.

Zanehs Augen wurden groß. »Musa, was ist los mit dir? Bist du von Sinnen?«

»Nein! Genieße das leckere Obst, und ich erzähle dir von meiner Reise.« Während Zaneh einen Apfel nach dem anderen verzehrte, berichtete Musa von der vergangenen Nacht im Zelt seines Freundes.

Zaneh hatte aufmerksam gelauscht. »Ich bin glücklich, daß die Träume zu dir zurückgekehrt sind.«

»Mein Freund versicherte mir, sein Zelt sei immer offen für mich.«

Die Frau dachte nach. »Dein Freund wohnt weit entfernt von uns. Und du kannst doch nicht immer deine Träume in fremden Zelten suchen! Ich habe eine Idee. Neben dem Steinhaus werde ich ein Zelt errichten!«

»Erinnerst du dich noch, wie man ein Zelt baut?«

»Diese Fertigkeit werde ich nie verlernen.« Zaneh lächelte. »Für ein Zelt brauchen wir weder einen Baumeister noch Handwerker.«

»Ein kluger Vorschlag!« bemerkte Musa.

Noch bevor der Sommer zuende war und die ersten Herbstwolken über das Land zogen, stand neben dem Steinhaus ein Zelt.

Musa fachte im Zelt Feuer an und röstete seine Kaffeebohnen. Zaneh knetete den Teig und buk Fladenbrot. Spät am Abend kauerten die beiden Alten um die Feuerstelle und betrachteten durch den Zelteingang die sternklare Nacht.

Und immer wenn Musa seine Träume empfangen wollte, verlegte er sein Schlaflager in das Zelt.

Salim Alafenisch im Unionsverlag

Die acht Frauen des Großvaters

Im großen Scheichzelt erzählt die Mutter ihren Kindern in acht Nächten von den acht Frauen des Großvaters, vom vielfältigen Beziehungsgeflecht des Stammeslebens. Salim Alafenisch, selbst als Beduine im Negev aufgewachsen, trägt die Kunst des Geschichtenerzählens weiter und vermittelt ebenso poetische wie präzise Bilder von den alten Sitten und Gebräuchen der Wüste.
176 Seiten, gebunden

Das Kamel mit dem Nasenring

Nach dem Sturm in einer rauhen Winternacht hält der Stammesälteste die Zeltbewohner mit einer Geschichte wach. Sie ist länger als ein Kamelhals, denn es ist die Geschichte dieses Beduinenstammes, der in diesem Jahrhundert Umwälzungen erlebt hat, wie noch keine Generation zuvor. Mit dem Suezkanal begann es, der eines Tages die Weidegründe durchschnitt.
180 Seiten, gebunden

Der Weihrauchhändler

Die Sonne verbrennt die Felder. Das Wasser in den Brunnen wird knapp. Und die Dürre trennt Salem von der Geliebten! Doch seine Sehnsucht ist größer als die der Erde nach Regen: Er entschließt sich, Soraya zu suchen und füllt die Satteltaschen seines Esels ... Salim Alafenisch erzählt von der Kraft der Liebe, die sogar über den Zyklus der Natur triumphiert.
144 Seiten, UT 15

Nagib Machfus im Unionsverlag

Zwischen den Palästen
Über drei Generationen wird das Leben einer Kairoer Kaufmannsfamilie verfolgt und zu einem opulenten Gemälde ägyptischen Lebens verdichtet. 686 Seiten, gebunden

Palast der Sehnsucht
Kamal bekommt die Härten und Hürden des Erwachsenwerdens deutlich zu spüren: Entmutigt beginnt er, sich in Weinbuden zu betrinken und durch Bordellgassen zu streifen, während sein Bruder Jasin und der Vater um die Liebe derselben jungen Lautenspielerin buhlen. 632 Seiten, geb.

Die segensreiche Nacht
Liebevoll, sarkastisch, ironisch rückt Nagib Machfus Schwächen und Marotten, Sehnsüchten und Ängsten vor allem des kleinen Volkes zu Leibe und zeigt, daß unter Gottes weitem Mantel auch Platz für viele dunkle Leidenschaften ist. 180 Seiten, UT 36

Die Spur
Die Suche nach dem unbekannten Vater treibt Sabir durch ganz Alexandria und Kairo. Machfus' Roman läßt sich als zeitgenössisches Gesellschaftbild wie als Kriminalroman lesen. 192 Seiten, gebunden

Miramar
In der Pension Miramar logieren die Generationen des Landes: Grandseigneurs und Playboys, abgesprungene Revolutionäre und aufsteigende Funktionäre. Alle umwerben sie die Magd Zuchra, die schöne, energische Fellachin. 240 Seiten, gebunden

Die Midaq-Gasse
Einst glänzte die Midaq-Gasse wie ein Stern in der Geschichte des mächtigen Kairo. Inzwischen sind die Arabesken am berühmten Kirscha-Kaffeehaus bröcklig und morsch geworden, aber noch immer ist die Gasse erfüllt vom Lärm ihres eigenen Lebens. 360 Seiten, geb. oder als UT 8

Die Kinder unseres Viertels
Das wohl umstrittenste Werk des Nobelpreisträgers; ein handlungsstarker, beziehungsreicher Roman in Anlehnung an die Menschheitsgeschichte. 576 Seiten, gebunden

---

Yaşar Kemal im Unionsverlag

Memed, mein Falke
Memed, der schmächtige Bauernjunge, wird zum Räuber, Rebell und Rächer seines Volkes. Ein Roman, der selbst wieder zur Legende wurde.
344 Seiten, UT 2

Die Disteln brennen – Memed II
Der zweite Band der Memed-Tetralogie: Memed kehrt zurück.
400 Seiten, broschiert oder als UT 12

Das Reich der Vierzig Augen – Memed III
Kann sich Memed von den Märchen und Mythen, die sich um ihn ranken, befreien und wieder Mensch werden? 816 Seiten, gebunden

Der Wind aus der Ebene – Anatolische Trilogie I
Wenn der Wind die Disteln aufwirbelt, ist für das ganze Dorf im Taurusgebirge die Zeit gekommen, in die Ebene auf die Baumwollfelder zu ziehen. 376 Seiten, UT 7

Eisenerde, Kupferhimmel – Anatolische Trilogie II
In einem anatolischen Dorf wird ein uraltes Stück Menschheitsgeschichte Realität. Ein Heiliger entsteht. 472 Seiten, UT 17

Das Unsterblichkeitskraut – Anatolische Trilogie III
»Ich wollte zeigen, daß der Mensch nicht nur in der realen Welt lebt, sondern ebensosehr auch in seinen Träumen. Denn wenn das Leben ihn so hart an den Abgrund führt, dann muß er sich, um zu überleben, eine Welt der Mythen und Träume schaffen.«
446 Seiten, broschiert oder als UT 35

Töte die Schlange
Eine wahre Begebenheit wird zum Stoff einer Tragödie: Wie kann es soweit kommen, daß ein Sohn seine geliebte Mutter tötet?
114 Seiten, gebunden

Auch die Vögel sind fort
Kemals Istanbul ist eine brodelnde, gnadenlose Welt im Umbruch. Hier sind Spitzbuben und Tagträumer, Gestrandete und Gescheiterte die letzten Unversehrten. 128 Seiten, gebunden

---

Frauen aller Länder im Unionsverlag

Germaine Aziz
Geschlossene Häuser
Im Algerien der Kolonialzeit Waise, arm, Jüdin und Frau zu sein, verheißt nichts Gutes. Im Alter von siebzehn Jahren gerät sie in ein Bordell. Als sie durch einen Zuhälter nach Paris gelangt, hofft sie, aus dem Gefängnis des Strichs ausbrechen zu können. 240 Seiten, UT 39

Patricia Grace
Potiki
Patricia Graces Roman zieht den Leser in den Bann der Kreisläufe von Natur, Magie und Riten der traditionellen Maori-Kultur, die sich in die Kraft zum Widerstand verwandelt. 240 Seiten, gebunden

Löwengleich und Mondenschön
In diesen orientalischen Frauenmärchen gibt es wahre weibliche Helden. Kühn und klug behaupten sie sich in der Männerwelt, suchen sich listig den Märchenprinzen selbst. 168 Seiten, UT 37

Assia Djebar
Fantasia
Ein Roman wie ein Film, eine Autobiographie wie ein Geschichtsbuch. Berichte von der Eroberung Algeriens im neunzehnten Jahrhundert vermischen sich mit Erinnerungen an eine Kindheit in der verschlossenen Welt der Frauen. 336 Seiten, gebunden oder als UT 31

Sahar Khalifa
Memoiren einer unrealistischen Frau
Das Leben ist ihr ein Talisman, der sich erst nach vielen Kämpfen offenbart. Dieser sehr persönliche Roman hat durch seine Offenheit in der arabischen Welt Aufsehen erregt. 176 Seiten, gebunden

Latife Tekin
Der Honigberg
Abenteurlich-windschiefe Häuser entstehen über Nacht auf der Müllhalde einer türkischen Großstadt: Kaffeehäuser, Bordelle, Moscheen. Man lebt Tür an Tür mit Geistern und Dämonen, es wird gestreikt, gesungen, betrogen … Latife Tekins sprühender Roman entführt in eine Welt voller Burlesken, Tragödien und Romanzen. 128 Seiten, UT 26
